ein Ullstein Buch

Ferner liegen vor
in der Reihe der
Ullstein Bücher:

Science-Fiction-Stories
Band 1 bis Band 25

Science-Fiction-Romane:
Jeff Sutton:
Die tausend Augen des Krado 1 (2812)
Sprungbrett ins Weltall (2865)
Samuel R. Delaney:
Sklaven der Flamme (2828)
Cyril Judd:
Die Rebellion des Schützen Cade (2839)
Eric Frank Russell:
Planet der Verbannten (2849)
Gedanken-Vampire (2906)
Der Stich der Wespe (2965)
Larry Maddock:
Gefangener in Raum und Zeit (2857)
Bart Somers:
Zeitbombe Galaxis (2872)
Welten am Abgrund (2893)
Manly W. Wellman:
Insel der Tyrannen (2876)
Invasion von der Eiswelt (2898)
Robert Moore Williams:
Zukunft in falschen Händen (2882)
H. Beam Piper:
NULL-ABC (2888)
Murray Leinster:
Die Irrfahrten der »Spindrift« (2917)
Fredric Brown:
Sternfieber (2925)
L. Sprague de Camp:
Vorgriff auf die Vergangenheit (2931)
Der Turm von Zanid (2952)
Wilson Tucker:
Die letzten der Unsterblichen (2959)

Ullstein Buch Nr. 2968
im Verlag Ullstein GmbH,
Frankfurt/M — Berlin — Wien
Titel der amerikanischen
Originalausgabe:
»Recall Not Earth«
Übersetzung von Monika Curths

Erstmals in deutscher Sprache

Umschlagillustration: ACE
Umschlaggraphik: Ingrid Roehling

Printed in Germany 1973
Gesamtherstellung:
Augsburger Druck- und
Verlagshaus GmbH
ISBN 3 548 12968 4

C. C. Mac App

Söldner einer toten Welt

SCIENCE-FICTION-Roman

Herausgegeben
von Walter Spiegl

ein Ullstein Buch

1

Er war ein ziemlich großer Mann und überragte die braunen, haarlosen, breitgesichtigen Dronthen um einiges, die, wenn sie an ihm vorübergingen, teils aus Abscheu, teils aus Vorsicht einen großen Bogen schlugen. Er war ein ausgemergeltes menschliches Wrack. Die rotblonden Stoppeln auf seinem etwas vorspringenden Kinn waren mindestens zehn Tage alt. Seine zitternden Finger hatten durch das Dron eine zimtbraune Färbung angenommen. Ständig fuhr er sich mit der Zunge über die Lippen und schluckte nervös, als litte er an dem Durst, der keiner war, dem auffälligsten Symptom der Dron-Süchtigen. Ein Wunder waren solche Symptome nicht — er hatte fast eines ihrer Jahre (etwas kürzer als ein Erdenjahr) auf dem Planeten Drongail verbracht, war sofort süchtig geworden und hatte nun seit Tagen nicht mehr das fast narkotische, alles vergessen machende Dron genossen.

Er drückte sich in den Schatten eines hölzernen Gebäudes am Eingang einer schmutzigen Gasse. Seine Haut konnte die Sonne dieses Planeten nicht lange ungeschützt ertragen. Das Haus, gegen das er sich lehnte, hatte unterhalb des ersten Stockwerks keine Fenster und als Zugang nur ein schweres Holztor. Aus der engen Straße hinter ihm roch es nach schalen Kochdünsten, dem Körpergeruch verschiedener fremder Rassen, und vor allem nach Dron. Letzteres roch er nicht ungern — nicht nur, weil Dron ihm, wenn er es bekommen konnte, einige Erleichterung verschaffte, sondern auch weil es schwach wie Heu roch, an der er sich nach all den Jahren fern von der Erde noch lebhaft erinnerte.

Wohl zum hundertstenmal wühlte er in der Tasche seines abgerissenen Mantels, zog einen zerknitterten Zettel hervor, glättete ihn und las die wenigen Worte: *John Braysen, ich muß Sie dringend sprechen. Ich werde morgen am Nordende ihrer Straße zwei Stunden nach Mittag auf Sie warten. B. Lange.*

Er schob den Zettel wieder in die Tasche zurück. »John

Braysen«, murmelte er, als wäre ihm sein eigener Name fremd. »Kommodore Jonathan Braysen. Kommandeur eines Aufklärungsgeschwaders der irdischen Welt-Streitkräfte.«

Wie lange war es schon her, seit er sich nur mehr John nannte? Seit ihn jemand nach seinem Familiennamen gefragt hatte? In den Verzeichnissen, die man auf Drongail (oder auf den verschiedenen fremden Welten, auf die es ihn verschlagen hatte) führte, hieß es lediglich: John, Heimatplanet Erde, zur Zeit staatenlos, kein fester Wohnsitz, keine Vorstrafen, keine besonderen Kenntnisse.

Und wann hatte er Bart Lange zum letztenmal gesehen? Vor vier Erdenjahren? Nein — sie hatten zusammen in der Hohdan-Flotte als Söldner gedient. Damals waren dreißig der überlebenden Männer umgekommen, und das war etwa fünf Jahre nach dem Untergang der Erde geschehen. Also dann vor drei Jahren.

Hatte der Untergang erst vor acht Jahren stattgefunden? Das hieße, er wäre jetzt nicht älter als siebenunddreißig. Er fühlte sich wesentlich älter. Es schien alles schon so schrecklich lange her zu sein.

Er fragte sich, warum ihn Bart Lange treffen wollte. In den ersten Jahren nach dem Untergang waren die einzigen Überlebenden — etwas weniger als fünfhundert Mann der Flotte — beisammengeblieben. Und nachdem sich die Gruppe, um im fremden Weltraum zu überleben, aufteilen mußte, sehnten alle eine Wiedervereinigung herbei. Im Lauf der Zeit nahmen Verzweiflung und Hoffnungslosigkeit ständig zu; die meisten wurden apathisch und verloren das Interesse an der Gemeinsamkeit. Wieviele überhaupt noch lebten? Das Letzte, was er gehört hatte, war, daß etwa hundert Mann als Söldner bei verschiedenen fremden Flotten dienten, und daß die Aufenthaltsorte von weiteren sechzig bis siebzig Männern bekannt waren. Alle übrigen waren vermißt, verstreut über abseits gelegene Welten, wie der Planet Drongail eine war.

Es überraschte ihn, daß Lange ihn überhaupt ausfindig gemacht hatte — obwohl natürlich Frachtschiffe aus vielen Welten auf Drongail landeten, um Dron zu laden. Wenn Lange Geld hatte — und das mußte er wohl, sonst wäre er nicht hierher gekommen —, würde er ihm bestimmt etwas leihen. Einen Augenblick lang kam ihm der Gedanke an Nahrung und an einen neuen Mantel (obwohl er sich nur sehr schwer von seinem alten, von der Erde stammenden Mantel trennen würde) und daß er vielleicht einen Teil seiner Schulden begleichen könnte. Wenn er sich entschlösse, das Dron aufzugeben — aber wozu? Dadurch würde auch nichts anders.

Träge starrte er auf die Schattenlinie in der Mitte der Straße. Lange war noch nicht fällig (wenn er überhaupt kam). John senkte den Kopf und döste ein.

»John! John?«

John hob den Kopf und blinzelte. Erst nach etwa einer Minute erfaßte sein Blick den untersetzten Mann in dem sauberen, blauen Trainings-Anzug. Hastig stand er auf und ergriff gerührt die Hand, die sich ihm entgegenstreckte. »Bart! Es ist so herrlich, dich wiederzusehen!«

Bart wirkte ernst und ein wenig schockiert. John fühlte, wie er errötete. »Ja, ich bin dronsüchtig, Bart. Mittellos. Ein Sozialfall. Ich bekomme mein Essen und eine Pritsche zum Schlafen. Hin und wieder holen sie ein paar von uns, und wir müssen Gräben ausheben oder Dämme bauen helfen. Aber —« Er ließ Langes Hand los und sah ihn an. »Du siehst großartig aus, Bart! Ich bin froh, daß es dir so gut geht. Bist du noch immer Söldner? Bei wem? Anscheinend wurdest du auch nie ernstlich verwundet.«

Lange betrachtete ihn besorgt. »Ich war mit Hohd vor kurzem auf einer Zweitausend-Stunden-Tour. Kam heil zurück und wurde ausgemustert. Sie wollten nicht, daß ich damals auf Hohd gesehen wurde, also zog ich weiter. Im Augenblick lebe ich in einer — nun, Kolonie auf einem Planeten namens Akiel und bin dabei, die Männer unserer Flotte wieder zusammenzuholen. Der Herrscher von Akiel will uns haben. Uns alle.«

John starrte sein Gegenüber an. »Du weißt doch, Bart, daß

die meisten von uns damit Schluß gemacht haben. Töten und immer wieder töten — Planeten besetzen, überfallen, plündern, gegen Leute kämpfen, die uns nicht das Geringste getan haben — ich glaube nicht, daß du viele zusammenbekommen wirst.«

»Ich glaube doch, John«, sagte Lange. »Diesmal besteht ein echter Grund.«

John seufzte. »Akiel — nie gehört. Was sollte daran so faszinierend sein? Ist es eine größere Sache?« Er machte eine Pause. »Wir waren auf große Fische aus, nicht wahr? Und wir fanden einen aufnahmefähigen Markt. So trainiert und diszipliniert wie wir waren, wurden wir fast über Nacht zur Legende. Weil wir keinen Pfifferling darum gaben, ob wir lebten oder starben, solange wir etwas fanden, wofür es sich zu sterben lohnte. Aber es verlor seinen Reiz, Bart, zumindest für mich. Und ich dachte, dir ginge es ähnlich.«

Lange blickte die Gasse hinauf und hinunter, dann beugte er sich ein wenig vor. »Diese Kolonie, in der ich jetzt lebe, heißt Chelki, John.«

»Chelki? Du meinst, sie liegt im Vulmot-Reich?«

»Nein, John. In dieser Kolonie leben freie Chelki. Die Vuls wissen nichts von ihrer Existenz. Es gibt einen zweitausendzweihundert Jahre alten Omniarch. Er ist ein paar Jahrhunderte älter als seine Nachfahren, die diese Kolonie bilden. Er ist ein ehemaliger Vul-Sklave, dem zusammen mit einigen Gefährten die Flucht gelang.«

Alte Wunden brachen plötzlich wieder auf. John hätte nicht erwartet, noch so viel Gefühl zu besitzen. Langsam wandte er sich ab und starrte halb blind auf die vorübergehenden Dronthen, die mit großen Augen die beiden Fremden, genannt Menschen, musterten. Schließlich wandte er sich wieder seufzend an Lange. »Ich glaube, ich will nicht einmal mehr gegen die Vuls kämpfen. O ja, ich werde sie hassen, solange ich lebe — aber es waren nicht allein die Vulmoti beteiligt. Und — ich kann das jetzt sagen — wir haben alles mehr oder weniger selber herausgefordert. Wir drangen in den Weltraum vor und wußten so gut wie nichts über ihn. Und als wir etwas fanden, hätten wir abhauen sollen, anstatt uns wie die mächtigste aller Großmächte in der Galaxis zu gebärden — und das, nachdem wir so dämlich waren, die Position unseres Heimatplaneten preiszugeben. Außerdem — nun, ich bezweifle, daß der Vul-Kommandant, der die Erde angriff, ahnte, daß dies unser einziger Planet war.«

Langes Gesicht war jetzt hart. »Früher waren wir darin einer Meinung, John, aber ich weiß jetzt mehr. Dieser geflohene Chelki hat seit sage und schreibe zweitausend Jahren Späherkontakte mit dem Vulmot-Reich. Er erfuhr, kurz nachdem es geschehen war, von unserem Kampf und dem raschen Tod der Erde. Er nannte mir auch den Grund für den Entschluß der Vuls: Als sie sahen, wie wir kämpften, wollten sie nicht, daß wir uns zu einer Weltraumgroßmacht entwickelten. Zudem hielten sie uns für das Sklaventum ungeeignet. Sie töteten uns vorsätzlich, John, und sie verwandten viel Zeit und Energie, um sicherzustellen, daß keine Form von Leben übriggeblieben war. Etliche Köpfe rollten, weil wir, ein winziger Teil der Flotte, entkamen. Man war sehr erleichtert bei der Feststellung, daß sich keine Frauen unter den Überlebenden befanden. Sie unterzogen unser Sonnensystem und dessen nähere Umgebung einer peinlichen Durchsuchung nach weiteren etwaigen Überlebenden!«

John zitterte am ganzen Leib. Er zwang sich, seine geballten Fäuste wieder zu öffnen. »Und wenn schon — es ist geschehen. Liefe mir jetzt ein Vul über den Weg, ich würde ihn zusammenschlagen. Aber daß ich mich noch einmal aufraffe und gegen die Vuls in den Kampf ziehe — nein, Bart. Vielleicht bin ich einfach leergelaufen, ausgepumpt. Es interessiert mich nicht mehr, ob die Chelkis Sklaven bleiben oder nicht. Außerdem ist es lächerlich zu glauben, wir könnten auch nur das kleinste Loch im Vulmot-Imperium aufreißen.«

Lange packte Johns Mantelaufschläge. »Jetzt hör endlich zu, verdammt nochmal! Ich rede nicht von irgendwelchen moralischen Kreuzzügen. Tatsache ist, daß noch einige

Frauen von der Erde am Leben sind. Mehr als hundert Frauen, und alle noch jung genug, um Kinder zu bekommen. Dieser Omniarch auf Akiel weiß, wo sie sind. Er will uns helfen, sie zu finden!«

Nur einen Augenblick lang pochte das Blut in Johns Schläfen. Dann lachte er freudlos. »Der alte Unsinn, Bart. Bist du wieder darauf hereingefallen. Du mußt völlig übergeschnappt sein. Hast du das ganze Theater, die viele vergebliche Mühe, schon wieder vergessen? Weißt du nicht mehr, wie wir umherirrten? Wie ein Haufen liebestoller Kater? — Schau, für mich gibt es nur noch eines: das Dron. Es benebelt ein bißchen und frißt dich vielleicht innerlich auf, aber es macht dich jedenfalls nicht kindisch.«

Lange trat einen Schritt zurück. »Hör zu, Kommodore Jonathan Braysen, dessen Name bis vor wenigen Jahren bei den außerirdischen Militärs im ganzen Sektor dieser Galaxis schon sprichwörtlich war. Du, der mit einer Handvoll kleiner Raumschiffe die Computer der Vul-Kampfverbände überlistete. Du, dem man nur auf ein Kopfnicken und einen Namenszug hin eine ganze Flotte unterstellt hätte. Der Chelki, mit dem ich es zu tun habe, weiß alles über dich und sagt, du wärst der Mann, den wir brauchen. Er sagt, du wärst der einzige, der uns wieder zusammenführen könnte.« Lange hielt inne, um Luft zu holen. »Er plant seit zwei Jahrtausenden, lange bevor man auf der Erde ans Fliegen dachte, geschweige denn an den Null-Antrieb, lange bevor Columbus den Atlantik überquerte, in dem sich jetzt kein einziger Fisch mehr befindet. Wir waren ein unverhoffter Glücksfall für ihn. Er hatte die Rettung dieser Frauen von langer Hand geplant. Er schickte ein Kommando von Chelki-Sklaven mit einem gefälschten Befehl zur Erde, um von dort einige tausend Frauen, zumeist jüngere, für biologische Experimente zu holen. Er richtete es ein, daß einige der Frauen verschwanden, fälschte die Listen und so weiter. Viele Chelki mußten für diesen Dreh ihr Leben lassen. Er hat mir das ganze Unternehmen genau geschildert und mir auch Bilder gezeigt.

John fröstelte. Lange wirkte so besessen, dennoch — »Bart, sei vernünftig. Kannst du dir vorstellen, daß dieser superschlaue Chelki, selbst wenn er das ist, was er zu sein behauptet, sich so weit versteifen würde, nur um einer unwichtigen Rasse zum Überleben zu verhelfen? Was bedeuten wir ihm denn?«

Lange stieß einen Fluch aus. »Begreif doch, John. Die Vuls waren dermaßen beeindruckt von uns, daß sie beträchtliche Anstrengungen machten, um uns zu vernichten. Nur wirklich Bedrohliches wird vernichtet. Der Omniarch sieht in uns eine Bedrohung der Vuls auf lange Sicht. Wir sind nicht die Hauptsache in seinem Plan. Ich wette, er hat noch hundert andere Eisen im Feuer. Aber er will, daß wir überleben. Wir haben bereits bewiesen, daß wir uns als Soldaten recht gut im Kampf gegen andere Lebewesen halten. Du mußt es vom Standpunkt des Omniarch betrachten!«

Johns Puls hämmerte in den Schläfen. Konnte dies alles wirklich wahr sein, eine Tatsache, und nicht nur wieder eine Fata Morgana?

Es klang so unwahrscheinlich. Dennoch, es war eine Chance, vielleicht die Chance seines Lebens.

John brach plötzlich in Tränen aus.

2

Das kleine Schiff — ein unbewaffneter, zusammengeflickter Aufklärer der Hohdan-Flotte, den Bart lange unter anderem für seine Dienste bekommen hatte — trat ungefähr ein Zehntel Lichtjahr von der Akielsonne entfernt aus dem Null-Zustand heraus, nahm Kurs, machte einen kurzen, gezielten Nullsprung und tauchte in der Umlaufbahn des Planeten auf. Eine blau-grüne Welt mit ausgedehnten Dschungel- und Steppengebieten, aber keinen größeren Meeren lag unter ihnen. Es gab jedoch zahlreich kleine Meere und unzählige Seen und Flüsse. Auf beiden Polen saßen Eiskappen. Nur in

Äquatornähe unterbrachen ein paar braune Gebiete die üppige Vegetation. In Anbetracht der etwas weniger als ein G betragenden Schwerkraft war die Atmosphäre ziemlich dicht, und der dadurch entstehende Gewächshauseffekt ließ auf mildes Klima schließen. Auffallende Gebirgsformationen fehlten.

Selbst aus der geringen Höhe von zweitausend Meter waren keine Landeplätze für Raumschiffe auszumachen.

Bart Lange wählte auf der simplen Computer-Tastatur ein Landeprogramm, überprüfte die Wiedergabe auf dem Datenschirm, dann wandte er sich an John. »Wenn hier ungebetene Besucher auftauchten, müßten sie wirklich erst landen, um irgendwelche Anzeichen von Technologie zu finden. Kein Funkbetrieb, kein Fernsehen, keine Fabriken oder Wohnsiedlungen. Nicht einmal zentralisierte Kraftwerke, die man durch ihre Energieabgabe in den Weltraum hätte orten können. Außerdem liegt dieser Stern ziemlich abseits. Der Omniarch erzählte mir, daß sich in all den Jahren, die er nun schon hier lebt, erst vier Forschungsschiffe innerhalb des Bereichs des Masse-Detektors gezeigt hätten, und nur eines sei nah genug gekommen, um Aufnahmen zu machen.«

John, der jetzt wesentlich besser aussah — auch seine Hände zitterten nicht mehr so schlimm, obwohl es noch Momente gab, in denen es ihn nach Dron verlangte — ließ seine Blicke über die Instrumente des kleinen Schiffes gleiten. »Wenn sie Masse-Detektoren auf einer Sonnenumlaufbahn haben, müssen sie Meister in der Miniaturtechnik sein. Dieser eine Punkt in der Ecke von Radarschirm H-4 könnte ein faustgroßer Stein sein. Wie übertragen ihre Detektoren überhaupt? Haben sie ein festes Ziel auf dem Planeten, zu dem sie übertragen?«

Bart nickte. »Genau. Um ihre Radarwellen aufzufangen, müßtest du sie genau im Augenblick der Sendung kreuzen.« Er bediente einige Knöpfe manuell und brachte die Ansicht einer Grasfläche mit dem Teleobjektiv dicht heran. »Kannst du die Landebahn sehen?«

»Nein.«

Bart grinste. »Sobald wir drin sind und in Deckung, werden sie den Schaden auf dem Rasen, den wir anrichten, beheben. Ich wüßte nicht, welche Vorsichtsmaßnahmen sie übersehen haben könnten.«

Das Schiff verlangsamte seine Fahrt und schwebte Zentimeter um Zentimeter zu Boden. Die Bilder auf den Schirmen rutschten zur Seite. Dann verschwand das dunstige, gelbliche Sonnenlicht, und auf dem Bildschirm, der alles, was über dem Schiff zu sehen war, aufzeigte, erschienen große Blätter.

Kurz darauf befanden sie sich auf einer Betonrampe und glitten unter die Erde. Große Türen sperrten das Sonnenlicht aus, und künstliches Licht trat an seine Stelle. Das Schiff glitt noch ein Stückchen weiter und landete endgültig auf Betonboden.

Bart drückte einige Schalter, und Luft begann zischend hereinzuströmen. Nach einem kurzen Blick auf John, als wollte er sich vergewissern, daß er nicht wieder aus Mangel an Dron zitterte, öffnete Bart die Luken. Neugierig blickte John hinaus. Zunächst sah er nur undeutlich etliche dunkle, behaarte Gestalten, dann trat ein großer männlicher Chelki vor. Das war also ein Patriarch! Er wog mindestens achthundert Pfund, seine Gesichtshaut sah aus wie graues Leder, und er stand auf vier Beinen, von denen jedes so dick war wie der Schenkel eines Mannes.

John erinnerte sich an den Schock, als er zum erstenmal einen Chelki gesehen hatte. Sie hatten behaarte Beine und einen tonnenförmigen Körper, was einen schwach an Rinder erinnerte. Allerdings waren dann Hals und Kopf nicht an der richtigen Stelle — sie wuchsen aus einem Höcker in der Mitte des Körpers. Ebenfalls aus diesem Höcker kamen zwei kräftige Arme mit großen, behaarten Händen, die jeweils drei Finger und einen Daumen hatten. Ihre Füße sahen aus wie Straußenfüße. Sie besaßen weder einen Schwanz noch eine Brust am vorderen Ende. Vorn und hinten ergaben sich bei diesen Wesen jeweils aus ihrer Blick- oder Fortbewegungsrichtung. Der Kopf konnte auf dem ziemlich langen Hals um hundertachtzig Grad gedreht werden. Ausscheidungs- und Fortpflanzungsorgane befanden sich an der Unterseite des Körpers, obwohl sich das nicht auf den ersten Blick feststellen ließ. Das Gesicht war nicht menschlich, aber auch nicht sehr weit davon entfernt.

Der schmallippige Mund öffnete sich und ließ ein beinahe perfektes Englisch vernehmen. »Willkommen auf Akiel, Kommodore Johnathan Braysen. Ich habe lange auf diesen Tag gewartet.« Die Stimme klang tief und voll. »Wir wollen uns an einen gemütlicheren Ort begeben, wo wir uns setzen können.«

Als sie den unterirdischen Hangar durchquerten, kamen sie an mehreren Chelkis kleinerer, leichterer Statur vorüber — geschlechtslose Arbeiter, die keinerlei Neugier an den Tag legten. Dazwischen entdeckte John ähnlich gebaute Individuen, die aber geistig offensichtlich reger waren; ihre Köpfe waren tatsächlich größer. Sie sahen John genau an, neigten grüßend die Köpfe, und manche trugen Werkzeuge und Instrumente bei sich, die sie als Techniker auswiesen. Dann gab es einige, die so groß wie der Omniarch selber waren, doch anstelle der Finger und Zehen hatten sie Klauen, und ihr Kopf lief in einer Schnauze aus, die mit scharfen Zähnen bewehrt war. Das waren die Krieger, männlichen Geschlechts, obwohl sie nicht zeugten. Dann gab es noch einen Omniarch-ähnlichen Chelki, der jedoch jünger und kleiner war als der Omniarch. Weibliche Chelkis waren nicht zu entdecken.

John wußte, daß die Chelki ein Gesellschaftssystem hatten, ähnlich dem der Ameisen und Bienen, nur wesentlich höher entwickelt. Ein Omniarch-ähnlicher Mann zeugte nicht nur eine Vielzahl von Nachkommen, er konnte außerdem die Hormone seines Körpers so produzieren und steuern, daß er Geschlecht und Typ bestimmen konnte. Außerdem besaß er den höchsten Intelligenzgrad.

John und Bart saßen auf Stühlen, die menschenähnlichen Wesen, von denen es in diesem Sektor der Galaxis mehrere

Spezies gab, angemessen waren. Der Omniarch stand. Er zeigte John die Fotos mit den Frauen und Mädchen auf einer grünen Wiese, vor ganz gewöhnlichen Büschen. Sie wurden von Chelki-Kriegern und Technikern begleitet.

»Also gut — ich bin einigermaßen überzeugt. Aber Bart sagte mir, Sie würden uns noch nicht zu den Frauen bringen und uns auch noch nicht verraten, wo sie sich befinden. Mit anderen Worten: Wir müssen zuerst etwas für Sie tun.«

Der Chelki blinzelte zweimal, was als Bestätigung galt.

»Aber warum wollen Sie uns den Aufenthaltsort der Frauen nicht verraten?«

Die große Hand des Omniarchen kraulte lässig seinen Halsansatz. »Weil die Gefahr besteht, daß Sie, John Braysen, den Vulmoti in die Hände fallen. Es wäre tragisch, wenn Sie dabei ums Leben kämen. Aber es wäre auch für meine Rasse sehr schlimm. Ich hoffe auf Ihre Zustimmung, daß einige Ihrer Männer stets auf Akiel bleiben. Glauben Sie mir — die Frauen befinden sich an einem sicheren Ort.«

»Also gut«, sagte John erbittert. »Was sollen wir als nächstes für Sie tun?«

»Zunächst habe ich vorgesehen, daß Sie einem Ihrer alten Kameraden — Vez Do Han, dem Kommandanten der Strategischen Verteidigungsstreitkräfte von Hohd — einen kleinen Dienst erweisen. Es gibt da einige Angriffe, die er gern von Söldnertruppen ausführen lassen möchte. Ich versprach, Sie mit einigen Schiffen auszurüsten, die ich im Lauf der Jahrhunderte ergattert habe: acht bewaffnete Vulmoti-Aufklärer und ein Raumschiff der Nave-Klasse von sechzigtausend irdischen Bruttoregistertonnen. Dieses Hauptschiff ist zwar alt, wurde aber mit modernen Rupter- und Laserstrahlern ausgerüstet. Es ist zum Teil mit Fernlenkraketen ausgestattet. Vez Do Han versprach, weitere Raketen nachzuliefern. Außerdem wird es ihm ein Vergnügen sein, Ihnen die feindlichen Raumschiffe, die Sie erobern, als Beute zu überlassen.«

John seufzte. »Sie sagten, Sie hätten das alles mit Vez Do Han arrangiert?«

»Ja. Ich war ihm und seinen Vorgängern im Bereich der Spionage schon sehr nützlich. Er kennt die Lage von Akiel nicht, und ich bitte Sie, ihn darüber nicht zu informieren. Das läge auch ganz in Ihrem Sinn, da etliche Männer hierbleiben werden. Sie werden auch ihre Sicherheit garantieren wollen, nicht wahr?«

»Und was folgt nach der Arbeit für Hohd?« fragte John finster.

»Dann sollen sie unbewaffnete Schiffe begleiten«, sagte der große Chelki. »Aber bis dahin muß noch einiges erledigt werden. Es kann dabei auch zu kleineren Zwischenfällen kommen.«

»Kleinere Zwischenfälle! Bei den wenigen Schiffen werden es keine größeren sein dürfen!«

»Sie können einige Schiffe dazugewinnen, obwohl, das will ich zugeben, Ihre Situation dadurch nicht viel besser werden würde. Aber ich habe noch mehr zu bieten.«

»Nun?«

Der Omniarch schob die Fotos wieder in eine Hülle. »Sie haben vielleicht schon einmal Klee-Artefakte gesehen und so manche Legende darüber gehört.«

John zuckte die Achseln. »Wer hat das nicht? Kleine Metallkörper aus einem uns völlig unbekannten Material, die zwanzig- bis dreißigtausend Jahre ohne Korrosion überstanden haben. Zerstörte Instrumente, die sämtlichen Wissenschaftlern ein Rätsel sind. Küchengeräte, Schmuck . . .«

»Ich weiß, wo ich ein Klee-Raumschiff für Sie bekommen kann«, sagte der Omniarch. »Völlig intakt, ausgerüstet und einsatzbereit. Nicht unbedingt ein Kriegsschiff, obwohl Waffenschächte vorhanden sind. Es ist ein sehr großes Schiff. Ich werde Ihnen bei der Lösung der Steuer- und Schaltprobleme helfen. Ich habe mich eingehend mit der Klee-Technologie beschäftigt und einige Einbrüche in diese Geheimnisse erzielt.«

John saß plötzlich sehr aufrecht auf seinem Stuhl. »Ist das Ihr Ernst? Ein Klee-Schiff?«

»Mein völliger Ernst. Das Schiff ist Teil meines Plans.«

»Wann könnten Sie uns dieses Schiff übergeben?« John fühlte wieder den brennenden Durst, den auch der leicht vergorene Saft, den er serviert bekommen hatte, nicht stillte.

»Sobald Sie die Sache mit Vez Do Han besprochen haben. Das Schiff wäre natürlich bei den Überfällen recht nützlich, Sie dürften sich damit nur nicht sehen lassen. Stellen Sie sich die Sensation vor! Und der ganze Sektor dieser Galaxis wäre hinter Ihnen her. Und dann wäre da noch etwas. Ich möchte nicht, daß Sie Vez etwas von dem Schiff erzählen. Ich muß es nämlich von einem Planeten aus dem Hohdan-Gebiet holen, und ich benötige eine Entschuldigung, um in dieses Gebiet zu reisen. Sie übrigens auch. Deshalb schlage ich vor, Sie erbitten bei Vez Do Han als Teilabgeltung für Ihre Dienste die Überlassung eines unbewohnten Planeten in seinem Bereich. Nicht gerade den, von dem wir das Schiff holen werden, sondern irgendeinen anderen, der sich für Ihre Rasse gut eignet. Vielleicht wollen Sie sich sogar dort niederlassen, sobald Sie Ihre Frauen wiederhaben.«

John blickte den Omniarchen finster an. »Es gefällt mir gar nicht, daß ich Vez etwas vormachen soll. Er war zu mir immer sehr anständig.«

»Auch wir hatten bislang ein ausgezeichnetes Verhältnis. Dieser kleine Schwindel ist für uns jedoch lebenswichtig und nicht zu umgehen. Denken Sie darüber nach, und Sie werden mir zustimmen.« Der Omniarch bemerkte anscheinend Johns nervöses Schlucken und füllte sein Glas nach. »Nun zu einem weiteren Punkt: Sie können unseren Planeten als Operationsbasis benützen, bis Sie Ihre Männer und Ausrüstung beisammen haben. Danach wollen Sie bitte Akiel verlassen. Vielleicht gehen Sie zu dem Planeten, den Sie von Vez Do Han bekommen werden. Sie werden verstehen, daß ich auf und um Akiel so wenig Verkehr wie möglich haben will.«

John fühlte sich nicht wohl in seiner Haut. »Also gut. Bleiben Sie mit uns in Kontakt?«

»Ja, obwohl ich Akiel aus Sicherheitsgründen verlassen

muß. Aber ich werde über Umwege eine diskrete Nachrichtenverbindung schaffen.«

3

»Bunstill!«
»Hier.«
»Cameron!«
»Hier.«
»Damiano!«
»Hier.«

Die Musterrolle verschwamm einen Augenblick lang vor Johns Augen. Er erinnerte sich an so viele Namen, die jetzt fehlten. Sie waren zwar noch nicht vollzählig, etliche würden sicher noch irgendwo dazustoßen, trotzdem blieben ihrer viel zu wenig . . .

Er beendete den Appell mit »Zeitner« und wandte sich dann wieder dem mächtigen Rumpf des Sechzigtausend-Tonnen Schiffes der Nave-Klasse zu. Es war wie die meisten Raumschiffe ein gedrungener Zylinder, dessen Höhe nicht wesentlich größer war als der Durchmesser. Abgesehen von verschiedenen Ausbuchtungen für Waffenschächte und Sensoren betrug die Höhe sechzig Meter. Es war nicht das größte Schiff, das ihm je vor Augen gekommen war, aber wesentlich größer als die Schiffe, die jemals auf der Erde während der kurzen Periode gebaut wurden, in der die Menschen glaubten, sie könnten in einem Weltraumkrieg bestehen.

Erfahren wie die Vulmoti waren, würde in diesem Schiff auch nichts fehlen. Von außen gesehen war es völlig unbeschädigt. Sicherlich hatten die Chelki das Schiff heimlich auf die Seite geschafft und den Vulmoti gefälschte Berichte übermittelt.

John wandte sich wieder an die Männer. »Dies wird unser Flaggschiff sein, zumindest vorerst. Wir werden es *Luna* taufen, da dies das erste Raumziel unserer Ahnen war, wenn auch nicht das letzte.«

Dann erklärte er ihnen Ziel und Zweck ihres Kommandos. Die Reaktion der Männer war gleich null. Was sind wir doch für ein armseliger, hoffnungsloser Haufen, dachte John. Aber er wußte, daß sich unter all der Skepsis und Verzweiflung ein bißchen Erregung verbarg.

»Das wäre im Augenblick alles. Einzelheiten finden Sie am schwarzen Brett.«

Die Chelki hatten bei der Überholung des alten Vul-Schiffes sowie der acht kleineren Schiffe hervorragende Arbeit geleistet. Der Schwerkraftantrieb war so fein eingestellt, daß John das Sechzigtausend-Tonnen-Schiff in der großen Grotte, in der es versteckt lag, einige Zentimeter heben und fast genau wieder an derselben Stelle auf dem Betonboden aufsetzen konnte, ohne den geringsten Ruck oder ein spürbares Trägheitsmoment. Eine exakte Einstellung war wichtig. Bei einem Kampf könnte der Bordcomputer (vom Piloten aus Fleisch und Blut ganz zu schweigen) unter Umständen verlangen, daß das Schiff bei einer Geschwindigkeit eines ansehnlichen Bruchteils der Lichtgeschwindigkeit ganz plötzlich anhält oder ebenso plötzlich in eine andere Richtung davonschießt. Die künstlichen Schwerkraftfelder (Gravs) mußten auf jeden Schiffsteil (einschließlich der Besatzung) im haargenau gleichen Moment und mit der gleichen Kraft einwirken, da das Schiff sonst bersten oder die Besatzung durch die Beschleunigung zerquetscht würden.

John sann darüber nach, wie merkwürdig es war, daß so viele Wesen (zumindest viele Humanoide) den Schwerkraftantrieb und den bereits erwähnten Null-Antrieb in ihrer technologischen Entwicklung ungefähr zum gleichen Zeitpunkt entdeckt hatten, fast so, als wäre der wissenschaftliche Fortschritt programmiert.

Auch John hatte, wie jeder Kadett seiner Zeit, Kurse in Antriebs-Theorie nehmen müssen, von denen er so viel mitbekommen hatte, wie es einem Laien eben möglich war.

Die Menschen hatten den Grav-Antrieb nach zwei wichtigen Entdeckungen entwickelt: Die erste bedeutete, daß Schwerkraft nicht anzog, sondern abstieß, und die zweite, daß der Stoß abgeschirmt werden konnte mit Hilfe verschiedener Metalle, die von Kraftfeldern beeinflußt werden konnten, die entfernt elektrischen Feldern ähnelten.

Warum hatte man die Schwerkraft überhaupt zunächst mißverstanden?

Eine der Grundtatsachen des »normalen« Universums besteht darin, daß jeder Kubikzentimeter des Weltraums nach allen Richtungen und über jede beliebige Entfernung hinweg (einschließlich der Unendlichkeit, wenn es sie gibt) Masse abstößt. Er stößt Masse ab, als wollte er sie total verdrängen.

Aber, als ob es da so eine Art gegenseitiger Hilfsgemeinschaft gäbe, jedes Masseteilchen schützt wieder ein anderes vor dem Druck aus dem Weltraum. Es ist so, als würfe eine lichtundurchlässige Kugel ihren Schatten auf eine andere. Im Gegensatz zu den Lichtwellen treten bei dem Druck des Weltalls auf Masse keine Transversalwirkungen auf, wie etwa die senkrecht zur Fortpflanzungswelle von Licht oder Wärme verlaufenden Querschwingungen. Jedes einzelne Masseteilchen des Weltalls übt einen bestimmten, sich permanent in gerader Linie fortsetzenden Druck auf jedes Teil aus, als würden keine anderen Masseteile existieren. Die Stoßkräfte geraten nie in Konflikt miteinander, sie heben sich nicht gegeneinander auf oder verändern ihre Richtung. Sie verstärken sich, doch nur in geradliniger, additiver Weise.

In einem Punkt hatte die alte Physiklehre zum Teil recht: Die Kraft eines Stoßes ändert sich reziprok zur Entfernung, aber nicht im direkten oder Quadrat- beziehungsweise Kubikverhältnis. Dieses Verhältnis kann mit Hilfe eines raffinierten Experiments ziemlich genau errechnet werden (dieser Versuch führte nebenbei gesagt zur Entdeckung des Radar und steht im Zusammenhang mit der Zahl der im »normalen« Weltraum existierenden Dimensionen. Und dies ist kein Thema, über das sich so leicht plaudern läßt.

Die Situation ist also die, daß jedes Masseteilchen von allen

Richtungen Druck ausgesetzt ist, durch jedes andere Teilchen aber abgeschirmt wird. Die gegenseitige Abschirmung zweier Partikel besteht nur auf der geraden Linie, die sie verbindet. Was können zwei Masseteilchen also anderes tun, als sich aufeinander zuzubewegen? Auf dieser einen Linie ist der Druck um einen winzigen Bruchteil geringer.

Bestimmte Gegenkräfte im Weltraum verhindern, daß die ganze vorhandene Masse zu einem einzigen Ball zusammengedrängt wird. Eine solche Kraft ist die Trägheit (im Fall zweier sich umkreisender Körper die Zentrifugalkraft). Die andere ist die natürliche Abstoßung zweier elektrisch gleichgeladener Teilchen: Elektron stößt Elektron ab, das Positron das Positron. Dazu kommt der Druck der Strahlungsenergie, wie zum Beispiel bei dem ungeheuren Vorgang, wenn ein Stern explodiert. Es gäbe noch viele andere, die in der hier notwendigen Kürze nicht zu beschreiben sind.

Nähern sich zwei relativ große Körper, so schirmen sie sich gegenseitig in beträchtlichem Maß vom Weltalldruck ab. Steht zum Beispiel ein Mann auf einem Planeten, so ist er durch die Planetenmasse zu beinahe einhundertundachtzig Grad vor dem Weltall geschützt. Die andere Hälfte des Raumes drückt ihn gegen den Planeten. Der halb-primitive Mensch, der die Dinge so nahm, wie er sie sah, nannte diesen Effekt »Schwerkraft« und hielt ihn für eine Anziehungskraft, die der Planet ausübte. Der Mensch des Null-Zeitalters, mit seiner Neigung für das Komplexe (was sich vielleicht bei so völlig unwahrscheinlichen Entwicklungen wie der des Verbrennungsmotors vorausahnen ließ) griff die neue Erkenntnis der »Schwerkraft« begierig auf und machte sie sich zunutze, wie dies viele andere, ebenso theoretisierende, waghalsige, dickköpfige Spezies taten.

Alle Massepartikel wirken als natürlicher Schild gegen den Druck aus dem Weltraum, jedoch mit begrenzter Leistungsfähigkeit. Man kann solche Abschirmung auch künstlich herstellen. Außerdem ist es möglich, Schirme zu bauen, die den Druck nur von einer Richtung abhalten; letzteres ist bei Geschossen mit Eigenantrieb, bestimmten Instrumenten und Geräten von Bedeutung.

Baut man in oder an einen massiven Behälter einen solchen Schirm und setzt ihn in Betrieb, wird der Behälter in Richtung der Abschirmung getrieben. Nimmt man einen zylindrischen Tank mit einer Kapazität von etwa viertausend Liter, versieht ihn mit einer hermetisch schließenden Luke und einem flachen Schild an einem Ende, so hat man damit die Grundlagen für ein Raumschiff. Ein solches Schiff kann, wenn der Schild für variable und genau kontrollierbare Energiezufuhr konstruiert wurde, sanft und langsam von einem Planeten abheben.

Im allgemeinen sind die Raumschiffe zylinderförmig und knapp doppelt so lang wie ihr Durchmesser. Sie werden aus hochwertigem Stahl hergestellt, mit Abschirmschilden an beiden Enden (die Schilde bedecken die Querschnittflächen fast vollständig), und kleineren Zusatzschilden an verschiedenen Stellen der Zylinderwand. Die Energiezufuhr zu jedem Abschirmschild oder einer Schildkombination regelt ein Computer, der im allgemeinen vom Hauptcomputer gesteuert wird, da eine Betätigung von Hand viel zu ruckartig vor sich ginge und gefährlich wäre. Abseits der Achse des Schiffes und am hinteren Ende können bei großer Beschleunigung Unregelmäßigkeiten auftreten, die für Passagiere gefährlich werden könnten, da ja auch sie durch den »Weltraumschub« beschleunigt werden; diese Störungen werden ausgeglichen oder behoben durch die zusätzlichen Abschirmschilde. Ein Schlachtschiff kann sich auch seitlich blitzschnell fortbewegen, es gewinnt jedoch hierbei nicht die gleich große Beschleunigung wie in der Längsrichtung. Die Beschleunigung (im normalen Weltraum) wird durch die Materialstruktur, Energiezufuhr, Passagierverhalten und so weiter auf ungefähr siebzehn g beschränkt. Siebzehn g reichen allerdings nicht aus, um einem Schwarm ferngelenkter Raketen auszuweichen.

Der Null-Antrieb ist wieder etwas anderes. Bald nach der Entwicklung der neuen Grav-Antrieb-Technologie und

-Wissenschaft gab es verschiedene Durchbrüche im Verständnis des Weltraums an sich.

Gelehrte behaupteten, daß es eine Vielzahl von Welträumen gäbe, die in einem bestimmten Zeitverhältnis zueinander stünden und verschiedenen Dimensionen aufwiesen. John Braysen war willens, diese Tatsache zu akzeptieren, ohne sich lange Ausführungen darüber anhören zu müssen.

Die Aussichten, recht bald vom »normalen« Weltraum, das heißt unserem Raum-Zeit-Kontinuum, in einen anderen überwechseln zu können, schienen gering. Es gab jedoch eine Art Niemandsland oder einen Zustand, der in gar keinem Weltraum lag — und in diesen Zustand konnte man ein Objekt versetzen. Das Objekt — ein Schiff mit Besatzung zum Beispiel — mußte mit einer Energie geladen werden, die dem Feld, das den Schwerkraftschirm produzierte, entsprach, aber nicht identisch damit war. Erreichte diese Energieladung ihren kritischen Punkt, so verursachte ein weiterer, geringer Spannungsstoß (für alle äußeren Beobachter), daß das Objekt im normalen Raum zu existieren aufhörte. Die Passagiere empfanden nur für einen Augenblick lang ein schwaches Schwindelgefühl.

In diesem Niemandsland (genannt Null) konnte der gewöhnliche Grav-Antrieb das Schiff zu phantastischen Geschwindigkeiten antreiben, ohne zusätzliche Energien zu benötigen. Außergewöhnlich viel Energie brauchte man jedoch, um an die Null-Schwelle heranzukommen. Die Belastbarkeit der Energiezuleitungen setzte hier Grenzen; bei allzu hoher Spannung schmolz die Isolierung. Die beste Aufladungszeit, die man sowohl auf der Erde als auch in anderen bekannten Technologien erreichte, lag bei etwas über vier Minuten.

Man konnte also nicht aus Null ausbrechen und sofort wieder dorthin verschwinden.

Rätselhaft blieb auch die Tatsache, daß die ungeheure Energie, die in die Materie gespeist wurde, so plötzlich und bei kaum spürbarem »Überschwappen« zurückgenommen werden konnte. Ein wenig Elektrostatik, ein kurzes blaues

Aufleuchten waren die einzigen wahrzunehmenden Phänomene.

Der Reisegeschwindigkeit in Null war eine gewisse Grenze gesetzt, und um die ungeheuren Navigationsprobleme so weit als möglich zu vereinfachen, wurde der Apparat auf eine Norm eingestellt, die sich einer kaum ermeßlichen natürlichen Geschwindigkeit anpaßte, die bei annähernd vierhundertneunzig Lichtjahren pro Stunde lag. Im allgemeinen konnte ein Schiff bei einer Geschwindigkeit von etwa einhundert Lichtjahren pro Stunde den Break-out-Punkt bis auf ein Zehntel eines Lichtjahres von seinem Ziel entfernt abschätzen. Von diesem Punkt aus machte man dann einen oder einige kurze Null-Sprünge.

4

Die Hohdans waren Hominiden. Bei seinen früheren Verhandlungen mit ihnen hatte John den Eindruck bekommen, daß sie mehr oder weniger das darstellten, was die Menschheit eines Tages geworden wäre, hätte sie Zeit genug gehabt, sich im Weltraum auszudehnen, und hätte sie jene Art von Intellektualismus erreicht, die sich in einer recht zynischen Einstellung zu Krieg, Intrigen, politischer Macht und Mißgeschick ausdrückte.

Vez Do Han war physisch gesehen ein typischer Hohdan. Er war ungefähr einsfünfundsiebzig groß, hatte breite Schultern, dabei einen relativ flachen Brustkorb. Er war langgliedrig und schien so gut wie keine Muskeln zu haben, was nach menschlichem Ermessen irrtümlich auf körperliche Schwäche schließen ließ. Seine Hände hatten vier Finger und einen Daumen. Die Fingerkuppen waren spatelförmig, sehr stark und hatten außerordentlich kräftige Nägel. Wieso sich diese Besonderheit entwickelt hatte, konnte John nicht erraten.

Der größte Teil der Hohd-Gesichter und -Körper war mit kurzem daunenartigem Flaum bedeckt. Vez Do Hans Haar war mittelgrau, mit einem leichten Blaustich. Kahlköpfigkeit kam bei den Hohd so gut wie nicht vor.

Die Gesichter der Hohdan wirkten zunächst sehr fremd. Im Profil gesehen stand die Nase wie ein dreieckiger Wimpel vom Gesicht ab. Die schlitzartigen Nasenlöcher standen eng zusammen und konnten geschlossen werden. Das Kinn war breit und eckig, die Ohren länger als die beim Menschen, die Augen kleiner.

Vez Do Hans Grinsen konnte man als solches erkennen; ebenso seine finstere Miene oder den scharfen, prüfenden Blick, mit dem er John betrachtete.

»Abgesehen von meinem geschäftlichen Interesse an Ihnen, Kommodore«, sagte Vez Do Han in seinem lässigen, nicht besonders schönem Hohdan-Dialekt, den John einigermaßen beherrschte, »freue ich mich persönlich, Sie wiederzusehen. Vor allem beruhigt mich, daß Sie in so guter Form sind. Ich hatte Sie vor einigen Jahren suchen lassen und hörte, daß Sie dem Drongail verfallen seien.«

»Ja, ich war süchtig«, sagte John. »Ich habe nicht damit gerechnet, jemals wieder in den Weltraum zu kommen. Aber jetzt bin ich drüber hinweg.« Innerlich wünschte er, es wäre wirklich so.

Vez öffnete seine Faust zum Zeichen des Einverständnisses und wandte sich dem Radarschirm des Schnellbootes zu, auf dem sie sich befanden. »Wie ich sehe, kamen noch zwei Schiffe ihrer kleinen Flotte aus dem Null.«

»Ja. Sie hatten sich beim letzten Rendezvous verspätet. Sie waren auf der Suche nach den noch lebenden Männern. Ich hatte die Nachricht hinterlassen, sich hier in sicherer Entfernung sehen zu lassen, damit Sie sie nicht für Spione oder Feinde halten. Die Schiffe sind bewaffnete Aufklärer der Vul, mit einigen neuen Raketenabschußrampen. Ich vermute, daß Ihnen der Chelki-Omniarch, da er dieses Treffen ja vorbereitet hat, Details übermittelt hat.«

»Ja, Freund John Braysen. Offen gesagt wären mir mehr Laserstrahler und weniger Raketen lieber gewesen, denn die

Überfälle, die ich mit diesen Schiffen vorhabe, sollen Verdacht auf die Vulmoti werfen, und die Vulmoti sind berüchtigt für ihren großzügigen Einsatz von Energiestrahlern — aber das ist nicht so wichtig. Sind Sie über unsere Schwierigkeit informiert?«

John machte das Verneinungszeichen: er schloß seine Faust. »Man sagte mir sehr wenig, für den Fall, daß ich in die falschen Hände gerate.«

Vez grinste wölfisch. »Wäre ich an der Stelle des Omniarchen, ich hätte ebenso gehandelt. Vielleicht hätte ich sogar noch einen Selbstzerstörungsmechanismus in die Schiffe einbauen lassen, wenn es sich um jemand anderen gehandelt hätte als um Sie. Nun, das Bizh-Reich liegt ungefähr siebenhundert Lichtjahre entlang dieses Spiralarms, also in einer Entfernung von tausend Lichtjahren von den Vulmoti.« Er blickte wieder auf den Radarschirm. Ein Profi wie Vez mußte immer wissen, was um ihn herum vorging. »Die Bizh sind nicht humanoid. Sie sind kreisförmige, zehngliedrige Kreaturen, deren Lebensgewohnheiten wir gleichzeitig abstoßend und faszinierend finden. Doch darum geht es nicht, und sie stellen für die voraussehbare Zukunft auch keine Gefahr für das Hohdan-Hoheitsgebiet dar. Sie greifen aber auf das Gebiet von zwei unserer kleineren Verbündeten über. Beide sind humanoid. Diese Verbündeten haben sich an uns um Hilfe gewandt; und da sie als Pufferwelten zwischen uns und den Bizh liegen — und ebenso bis zu einem gewissen Grad zwischen den Vulmoti und den Bizh —«

John sah das fremdartige Gesicht scharf an. »Ist es nicht ein großer Zufall, daß es bei dem Auftrag, den wir für sie erledigen können, auch um die Vulmoti geht.«

Vez grinste. »Durchaus nicht. Bestimmt erkennen Sie bei dieser Sache die behaarte Hand des Omniarchen im Spiel. In seiner Zielstrebigkeit hatte er schon häufig zu so großangelegten Intrigen gegriffen. Es ist seine Idee, die Vulmoti hineinzuziehen, und es ist eine gute Idee. Sie wird die Bizh eine Weile beschäftigen.«

John starrte auf seine eigenen Hände. Er hatte das Gefühl, Handschellen zu tragen, deren Schlüssel im Besitz des Omniarchen waren ... Er wagte nicht, Vez von seinen eigenen Abmachungen mit den Chelki zu erzählen. »Nun gut. Ich werde alle Einzelheiten genau studieren. Wären Sie damit einverstanden, wenn wir alle Beuteschiffe behielten?«

»Natürlich, Freund John Braysen.«

»Und noch etwas. Wir werden älter, und wir sind in alle Winde zerstreut. Unsere Spezies wird bald ausgestorben sein. Ich finde, die wenigen von uns, die noch übrig sind, sollten zusammenleben, um sich gegenseitig zu helfen, so viel Würde wie möglich zu bewahren und um vielleicht ein Denkmal zu hinterlassen anstelle von etlichen namenlosen Gräbern. Wir wünschen uns für unser Alter irgendwo einen Planeten.«

Vez sah ihn eine Weile seltsam an, dann lächelte er. »Ich will das akzeptieren, obwohl solche Worte aus dem Munde so harter Kämpfer wenig überzeugend klingen. Wir finden sicher innerhalb unserer Region einen passenden, noch unbewohnten Planeten. Ist das alles?«

»Das ist alles«, log John.

»Gut. Ich werde Sie vor dem Start noch sehen. Ach ja, und natürlich brauchen Sie Raketen und etliche Rollen Treibstoffdraht. Wir selbst können vier Vul-Schiffe beisteuern — bewaffnete Aufklärer, die uns ehemalige Partisanen verkauft haben. Sie nahmen sie den Vulmoti ab. Die Schiffe waren leicht beschädigt, aber wir setzten sie wieder instand. Also bis dann.«

5

John lehnte sich gegen das Hauptkontrollpult der *Luna* und sprach ins Mikrophon. »Dreißig Sekunden bis Breakout!« Seine Blicke folgten dem Zentralsekundenzeiger auf dem Chronometer. Er hatte den Zeitmesser mit arabischen Ziffern versehen. Zwanzig Sekunden. Fünfzehn. Seine Hände waren feucht. Es war immer wieder eine gespannte Situation, wenn mehrere Schiffe versuchten, über eine große Entfernung in Null zu reisen. Ein winziger Fehler der Computer oder Grav-Antriebe oder eine außergewöhnliche Abweichung im Nullzustand konnten zwei oder mehrere Schiffe zu einem zu dicht beieinanderliegenden Break-out-Punkt führen. Dadurch entstünden Elemente mit einem unnatürlich hohen Molekulargewicht. Zwei Körper könnten gleichzeitig denselben Raum einnehmen, jedoch nur für die Nanosekunde (10^{-9}) vor der sichtbaren Zertrümmerung.

Obwohl dies bereits ihr vierter Angriff werden sollte und die drei vorangegangenen hinsichtlich ihrer Ziele erfolgreich waren, hatte John schreckliche Angst. Würde sein Verstand so rasch arbeiten wie früher, wenn sie in eine echte Klemme geraten sollten, so daß ihm Entscheidungen und Einfälle schneller kommen mußten als seine Augen die Daten ablesen konnten? Er fühlte sich nicht mehr so ganz auf der Höhe. Sie hatten die ersten Angriffe dank guter Vorausplanung und mit einer Portion Glück überstanden, jedoch auch Verluste hinnehmen müssen.

Zwei Bizh-Schiffe, die etwa der mittleren Kreuzer-Klasse entsprachen, hatten sie erobern können. Sie befanden sich jetzt auf Akiel, wo sie für menschliche Besatzungen umgebaut wurden. Sie würden erst in etwa tausend Stunden einsatzfähig sein.

Vier Sekunden bis Break-out . . .

Ein kurzer Hupton, dann das bekannte Schwindelgefühl, und auf der Sichtscheibe erschienen Sternenfelder.

Die Computer summten und brachten die Schiffe wieder in Formation. Johns Blick glitt vom Datenschirm zur Sichtscheibe und zum Radarschirm.

Wieder ertönte die Hupe. »Achtung, Abschußbasen!« sprach er ins Mikrophon, noch bevor er die Anordnung der wahrscheinlich feindlichen Schiffe sehen konnte. Er warf den Leutnants rechts und links von ihm einen kurzen Blick zu. Sie arbeiteten an ihren Computerschalttafeln. Das Programm durfte jedoch nur lauten: »Abwehrraketen fertigmachen; Anschluß aller Schiffe an das Kontrollsystem des Flaggschiffes; alle Meßgeräte zusammenschließen ...« Der Hupton wurde zum Flüstern. John konnte die schwachen Nebengeräusche im Gegensprechverkehr hören. Niemand schien aufgeregt zu sein. Keine Berichte über Störungen oder Verzögerungen. Gebannt starrte er auf den verschwommenen Fleck auf dem Radarschirm. Über ein Dutzend großer Schiffe! Wie war es ihnen gelungen, direkt zwischen ihn und das Ziel zu gelangen?

Wahrscheinlichkeitsrechnung, natürlich — und auf die Sekunde genau! Er fluchte leise. Es war ja auch zu logisch, die Scheinangriffe der beiden letzten Flüge, einmal auf der einen, dann auf der anderen Seite, und dann sein Versuch, den Sektorvorposten anzugreifen. Er könnte sich jetzt zurückziehen — die Null-Aufladung würde in zwei Minuten beendet sein.

Aber er hatte sich bei der Vorbereitung dieses Angriffs sehr viel Mühe gegeben. Das kühle Kalkül begann sich in seinem Gehirn zu regen. Langsam vergrößerte sich das feindliche Radarzeichen. Wenn seine Streitmacht nur nicht gar so jämmerlich gewesen wäre ...

Aber plötzlich begann er, auf zahlreiche Knöpfe zu drükken. »Null in achtzig Sekunden!« schnarrte er ins Mikrophon. »Wir springen kurz auf die andere Seite der feindlichen Flotte, und sobald wir wieder aufgeladen haben, springen wir zurück in einem seitlich ausfächernden Manöver. Abwehrraketen nur beim ersten Break-out. Beim nächsten gebt sämtliche Salven ab, die wir schußbereit haben. Das Planziel ist zunächst Nebensache.«

Der Zentralsekundenzeiger kreiste. Das Programm stand. Auch für die Kapitäne der kleineren Schiffe gab es bis zum zweiten Null-Sprung nichts zu tun; wenn die Sache klappte, würden sie dafür hinterher alle Hände voll zu tun haben. Sie mußten aufpassen, daß ihre Computer nicht mit einem idiotisch-genialen Verteidigungsprogramm aufwarteten, daß keine Störungen auftraten, und sich mit unvorhergesehenen Ereignissen auseinandersetzen, wie zum Beispiel einem mißlungenen Abwehrschuß. John lächelte grimmig, als der Zeiger seine letzten fünf winzigen Sprünge begann. Wenn sie Pech hatten — nicht sehr wahrscheinlich, aber möglich —, kämpften sich einige ihrer Raketen durch die Phalanx der Feinde hindurch und trafen irgendwo ein befreundetes Schiff.

Null! Break-out! Eine Zeitmessung für diesen kurzen Sprung gab es nicht. Seine Augen huschten über Instrumente und Schirme. Die Bizh-Flotte war inzwischen als vielfarbiges Punktmuster auf einem Radarschirm achtern zu sehen; sehr nahe, in Raketenreichweite. Er holte tief Luft, als er die Entfernung vom Skalenblatt ablas. Er zählte fünfzehn hellrote Punkte; das bedeutete schwere Kreuzer.

Seine kleine Flotte schoß im Grav-Antrieb auf den Stern des Zielplaneten zu. Der Feind hielt Schritt. Dann jedoch tat er genau das, was John gehofft hatte: Er ging, ohne eine Rakete gezündet zu haben, in Null, um sich noch einmal zwischen Johns Flotte und deren Ziel zu setzen.

Wenige Sekunden, nachdem der Feind vom Bildschirm achtern verschwunden war, tauchte er auf dem vorderen Schirm wieder auf — diesmal etwas außerhalb des Kampfbereichs. John programmierte einige kurze Scheinmanöver, um die Feindschiffe in Atem zu halten. Er hatte aber nicht die Absicht, an ihnen vorbeizuschlüpfen; das wäre sinnlos gewesen.

Er bemerkte die verwirrten Blicke der beiden Leutnants. »Sehen Sie«, erklärte er ihnen, »wir werden etwa achtzehn Sekunden früher aufgeladen sein als sie. Sobald wir in Null gehen, werden sie sich fragen, ob wir unser Ziel direkt oder in einem bestimmten Winkel ansteuern. Und wenn wir herauskommen und einen Ring um sie bilden, werden sie bestimmt für einige Momente verwirrt sein, während wir unsere Raketen abfeuern. Sie werden zurückschießen, aber mit Verspätung. Wir werden ihren Beschuß abfangen, bis wir wieder aufgeladen sind. Dann verabschieden wir uns ohne große

Worte.«

Die Leutnants lächelten unsicher.

John wartete und versuchte, über das Durstgefühl in seinem Mund hinwegzukommen. Auf den Schirmen blitzte es kurz auf — eine Bizh-Rakete, die als Ablenkungsmanöver oder auch als Herausforderung gedacht war, die aber routinemäßig abgefangen wurde. Er blickte auf die Uhr. Fast noch eine ganze Minute bis Break-out. Der starke Feind konnte sich im Grav-Antrieb auf seine Flotte zubewegen, aber bei diesem Hasch-mich-Spiel konnte er durchaus mithalten.

Dreißig Sekunden bis Null. Die Leutnants schienen nervös. Er fragte sich, ob ihnen klar war, daß er sogar jetzt auf ihr eigentliches Ziel hinarbeitete. Die Bizh-Flotte konnte genau erkennen, daß es sich bei den Angreifern um Vul-Schiffe handelte.

Noch fünfzehn Sekunden . . . Er fühlte sich ausgezeichnet, abgesehen von jenem Durstgefühl, beinahe entspannt. Sein Talent hatte ihn nicht verlassen. Seine Hand schwebte über dem Null-Knopf.

Null! Break-out!

Sekundenlang reagierte der Feind überhaupt nicht. Dann stoben die Punkte auf den seitlich ausgerichteten Radarschirmen auseinander. Bei diesem Energieverbrauch konnten sie ihre gebündelten Laserstrahlen nicht einsetzen. Ein heftiger Ruck erschütterte das Flaggschiff, als sich eine schwere Salve von ihm löste.

Über drei Minuten bis zum nächsten Break-out. Es flimmerte auf den Bildschirmen, als einige seiner Raketen auf den immer noch zu eng formierten Feind zustrebten und abgefangen wurden. Dann ein kräftiges Aufblitzen, als ein ausgeklügeltes Beschußprogramm die feindliche Verteidigung durchbrach. »Jetzt hat's einen Dicken erwischt!« Das Flimmern nahm zu, das Hin und Her seiner angreifenden Raketen und der feindlichen Abwehrraketen wurde immer dichter. Wieder ein blendend greller Blitz! Die Schirme blieben eine Sekunde lang dunkel, kamen aber sofort wieder, nachdem sich die Überbelastungssicherung wieder einschaltete. Einer der Leutnants begann fast hysterisch zu fluchen. Die kleineren Blitze auf den Schirmen wurden ständig heller; feindliche Raketen mußten in immer geringerem Zeitabstand von Johns Flotte abgefangen werden. John war in Schweiß gebadet. Zweifel an der Richtigkeit seiner Entscheidung regten sich. Das Schiff erbebte. John erstarrte. Waren sie getroffen worden? Nein — die Bordgeschütze feuerten Kurzstreckenraketen ab, um die feindlichen Salven abzuwehren. Mein Gott, sie kamen jetzt in Scharen! Die Bildschirme fielen die meiste Zeit aus. Fünfundfünfzig Sekunden bis Null, wenn die Energiebelastung durch die Verteidigung nicht größer wurde. Er preßte einen Schaltknopf und starrte auf die Daten, die auf einem Bildschirm abrollten: »Null-Zeit bei gegenwärtiger Energiezufuhr in zweiundvierzig Sekunden . . . einundvierzig Sekunden . . .« Er atmete schwer. Hatte er sich verkalkuliert. Er beugte sich vor. »Artillerie!«

»Sir?«

»Wieviele schwere Raketen haben wir noch?«

»Neunzehn. Wir haben keine guten Zielpunkte mehr.«

»Schickt sie ungeschärft hinaus, dicht beieinander und langsam, auf das gegnerische Zentrum zu.«

»Ja, Sir.« Das innere Ausgleichssystem war in Betrieb; trotzdem spürte er den Ruck, als die Salve abgeschossen wurde.

Und dann konnte man nur noch dasitzen und versuchen, seine Angst zu verbergen, während der Uhrzeiger in qualvoll gleichmäßigem Tempo auf den roten Pfeil zurückte. Er wußte, ohne einen Blick auf die Datenschirme zu werfen, daß sich die ganze Wut des Feindes jetzt auf die *Luna* konzentrieren würde — die wesentlich kleineren seiner Schiffe gaben bei weitem keine so guten Zielpunkte ab wie das Flaggschiff. Sechs Sekunden . . . Die Schirme zeigten nur noch Blitze; alle gegnerischen Waffensysteme kämpften verzweifelt gegen den anrückenden Raketenschwarm . . .

Null.

Schweißnaß sank John in den Pilotensitz. In dieser Hölle nuklearer Sprengköpfe und roher Energie, der sie eben entronnen waren, war die Kommunikation fast durchweg zusammengebrochen. Er würde erst bei Rendezvous D erfahren, ob die kleinen Schiffe davongekommen waren.

6

John starrte verdrießlich auf das Mikrophon der Bordsprechanlage, dann drückte er einen darunter befindlichen Knopf.

»Kommunikation.«

»Damiano«, sagte John. »Ich möchte eine Sprechverbindung zu sämtlichen Schiffen, aber so, daß wir möglichst unter uns bleiben. Ich weiß nicht, was sich im normalen Funkbereich alles herumtreibt. Können Sie das machen?«

»Ja, Kommodore. Es wird jedoch ungefähr eine halbe Stunde dauern, wenn wir sie alle zuerst teleskopisch erfassen müssen.«

»Tun Sie das«, seufzte John. »Ich glaube, wir sollten im Augenblick Radar nicht riskieren. Und wenn Sie gerade dabei sind, richten Sie das Teleskop noch einmal auf Nummer 4. Wenn noch ein Lebender an Bord ist, haben sie inzwischen vielleicht ein Sichtsignal gesetzt.«

»Das haben wir bereits getan, Sir. Ich wollte es Ihnen eben melden. Nicht der geringste Lichtschein.«

»Gut«, sagte John. Er stand auf, warf den zwei Leutnants einen ärgerlichen Blick zu, den sie nicht verdient hatten, und verließ den Kontrollraum. Die Schadenkontrolle meldete, daß die Reparaturarbeiten an der *Luna,* die von außen erledigt werden mußten, zügig vorangingen, aber er wollte in die technische Abteilung gehen und auf den dort aufgestellten Bildschirmen selbst nachsehen.

Danach machte er eine kurze Runde durch das Schiff, sprach mit den Bordschützen (die keine Probleme hatten, nur so gut wie keine Raketen mehr) und mit der Lagerhaltung, die noch Proviant für dreihundert Stunden hatte. Dann kehrte er zum Kontrollraum zurück.

»Hier spricht der Kommodore. Ich fürchte, wir müssen damit rechnen, daß die Besatzung von Nummer 4 tot ist. Das Schiff ging computergesteuert in Null, hat sich aber bisher weder gemeldet noch Signale gezeigt. Wir werden uns jetzt an das Schiff heranarbeiten, und wenn es nicht allzu sehr radioaktiv verseucht ist, gehen wir an Bord. Sollte jemand Probleme haben, soll er sie sich bis nachher aufheben, wenn wir dichter beisammen sind. Manche von Ihnen haben auf Ihren Radarschirmen vielleicht ein Objekt oder eine Objektgruppe, Richtung achtundzwanzig zu sechs zu einunddreißig. Wir haben es nur sehr schwach auf unseren Schirmen. Wahrscheinlich ist es nur ein Komet oder ein oder mehrere Meteore, aber wir werden kein Risiko eingehen. Schließen Sie um die *Luna* auf.«

Zehn Stunden später befanden sich die verstümmelten Leichen aus Nummer 4 im Krankenrevier der *Luna*. Ein Reparaturtrupp in Raumanzügen arbeitete an der Außenhaut von Vier. Das Loch war nur klein. Ein Stahlsplitter hatte es verursacht, der von einer Detonation herrühren mußte und mit hoher Geschwindigkeit die Hülle des Raumschiffs durchschlagen hatte. Er war im Innern etliche Male abgeprallt und hatte unter der Besatzung verheerend gewütet. Keine Radioaktivität, kein Einschuß, keine Hitzestrahlen — nur dieses mörderische Stückchen Eisen, eine Einschlagchance von zehntausend zu eins — und acht Männer waren verloren.

Das in einer halben Million Kilometer ausgemachte Objekt stellte sich nach sorgfältiger Betrachtung als typisches Kometenmaterial heraus. Aber John fühlte sich nicht wohler. Acht Mann verloren! Und Vez Do Han wollte womöglich, daß sie noch mehrere Angriffe gegen die Bizh flogen.

Er machte sich bittere Vorwürfe und zweifelte an allen seinen Fähigkeiten. Er war so zuversichtlich gewesen, so sicher, als ihm die Idee gekommen war, die Bizh einzukreisen. Aber war es in Wirklichkeit nicht doch kriminelle Tollkühnheit gewesen?

Er erhob sich von seiner Koje, auf der er seit einer Stunde saß und dumpf vor sich hinbrütete, und betrat das kleine Büroabteil. Sein Blick heftete sich auf den geschlossenen Safe in der Ecke. »Kommodore«, hatte Coulter gesagt, kurz nachdem er an Bord gekommen war. »Ich möchte etwas loswerden bei Ihnen, solange ich noch den Mut dazu habe. Außerdem ist es zu nützlich, um es einfach wegzuwerfen — es ist so gut wie Morphium. Und, nun ja, ich habe erlebt, wie man damit Männer vor dem Durchdrehen hat bewahren können. Aber ich möchte es nicht in meinem Besitz haben.« Coulter hatte ein kleines Päckchen aus seiner Tasche genommen, und John hatte es auf einen Blick erkannt. Es war nicht größer als ein kleiner Finger, eingewickelt in braunes Papier und enthielt acht erbsengroße Kügelchen, acht Reisen in ein Land der Träume und des Vergessens.

John hatte das Päckchen mit zitternden Händen an sich genommen und in den kleinen Safe gesperrt.

»Nein«, knurrte er wütend über sich selbst und schluckte heftig, ohne sich jedoch von dem Durst, der keiner war, befreien zu können.

Warum hatte er das Dron damals nicht ins Krankenrevier gebracht? Erschöpft lehnte er sich gegen den Lukenrahmen. »Verdammt. Den Querschläger hätte niemand voraussehen können!«

Aber war er noch der Kommandant, der er einmal gewesen war? Ja, er hatte sich ausgezeichnet gefühlt — aber fühlte sich nicht jeder Trottel ausgezeichnet, bevor er die größten Dummheiten beging? Hätte er nicht doch in Null gehen sollen, den Kampf vermeiden? In seiner Abmachung mit Vez Do Han stand kein Wort, daß er es mit ganzen Bizh-Flotten aufnehmen sollte.

Bei vier unbedeutenden Angriffen hatte er zwanzig Mann verloren; Männer, die er kannte, lauter alte Kameraden.

Bart Lange hätte ihn auf Drongail lassen sollen.

Er drehte sich um und schlug mit der Faust gegen das stählerne Schott. Was war er für ein selbstsüchtiger Narr! Er schluckte, holte krampfhaft Luft.

Und dann ging er zitternd und sich selbst verfluchend an den Safe.

John räkelte sich in seiner Koje. Was war das für ein Geräusch. Undeutlich wurde ihm klar, daß er irgend etwas tun sollte ... O ja ... Es war die Bordsprechanlage. »Hallo. Wer ist dran?«

»Abteilung Bordtechnik, Sir. Die notwendigsten Reparaturen an allen Schiffen sind ausgeführt.«

»So, ja ... ist gut.«

Nach einer kurzen Pause fragte die Stimme etwas besorgt: »Werden wir bald in Null gehen, Sir?«

»In Null gehen?« John dachte darüber nach. Natürlich konnten sie in Null gehen, jederzeit, wenn es ihm paßte. Er war der Kommandant der Flotte, oder etwa nicht? Er lachte laut, dann gähnte er: »Ich glaube nicht, daß wir vorerst irgendwohin gehen. Wir haben Zeit. Sagen Sie den Leuten, sie sollen sich's gemütlich machen und ausruhen.«

»Ja, Sir«, kam es nach kurzem Zögern.

John rollte sich auf die Seite und überließ sich seinem Rausch. Er fühlte sich wundervoll! Warum war er nur so verrückt gewesen und hatte sich so lange kein Dron gegönnt ...

»John! John! Wach auf!«

John drehte sich auf den Rücken und mühte sich ab, seine schweren Lider zu heben. »Ach, du bist's, Bart. Wie geht's dir?«

Bart starrte ihn mit grimmigem Gesicht an. »Das verdammte Zeug wieder, was? Wieviel hast du genommen — und wann?«

John richtete sich gähnend auf. »Erst brauche ich eine Dusche, und dann etwas zu Essen. Und schau mich nicht so an wie der Großinquisitor! Mir geht es prima. Bitte, stell mich auf die Probe, frag mich nach dem Einmaleins oder dem Dezimallogarithmus von drei. Oder soll ich dir unsere Musterrolle aufsagen. Aaron, Anders, Baker, Bunstill —« Er brach ab. »Jaja, Bunstill haben wir verloren, nicht wahr?«

Lange fluchte. »Ja, wir verloren Bunstill und neunzehn andere bei fünf Angriffen. Aber bei dem letzten haben wir eine ganze Bizh-Flotte geschlagen. Wir haben unsere Verpflichtungen gegenüber den Hohdan eingelöst, und wir sind wieder eine Kampfeinheit. Wir sind noch fast zweihundert Mann, John — und jetzt müssen wir an unsere eigentliche Aufgabe denken. Oder willst du aussteigen und dich wieder dem Rauschgift verschreiben?«

»Bart, du verstehst Dron eben nicht«, seufzte John. »Aber ich denke, wir sollten in Null gehen und uns mit Vez treffen. Kehrst du sofort auf dein Schiff zurück? Wenn nicht, dann geh doch durch meinen Kontrollraum und gib die nötigen Befehle —«

Lange packte ihn an den Schultern und zerrte ihn auf die Füße. »Verdammt, John, du bist der Kommodore! Jetzt noch mehr als früher. Nach dieser letzten Schlacht schauen die Männer wie zu einem Halbgott zu dir auf.«

»Bart, ich sag dir, ich will kein Halbgott sein. Aber wahrscheinlich hast du recht.« Er hob seine Jacke vom Boden auf. »Wir gehen in Null, sobald du auf deinem Schiff bist.«

»Ja, es ist beunruhigend, daß der Feind so genau vorausberechnen konnte, wo Sie Ihren vierten Angriff starten würden«, sagte Vez Do Han. »Es zeugt von wachem Verstand auf ihrer Seite. Und ich bedaure sehr, daß Sie eine Schiffsbesatzung verloren haben. Ich denke, John Braysen, daß wir Sie nicht mehr bitten werden, in diesem Sektor anzugreifen. Ich halte einen oder zwei kurze Angriffe auf eine Planetenbasis für klüger, sagen wir am anderen Ende ihres Reiches. Ein Angriff in dieser Ecke wird nicht als unmittelbare Reaktion auf ihr Vorgehen gegen unsere Verbündeten verstanden werden, die, nebenbei gesagt, von erfreulichen Resultaten berichten.« Er rieb sich seine pelzige Wange. »Wichtigstes Ziel ist jedoch, die Basen nicht zu beschädigen, sondern zwischen den Bizh und den Vulmoti ein gespanntes Verhältnis zu schaffen. Ich glaube, die weit entfernten Angriffsziele werden diesem Zweck jetzt besser dienen.«

»Der Einsatz in diesem fernen Gebiet wird einige Aufklärungsflüge notwendig machen«, sagte John.

»Ja, das stimmt. Ich habe bereits darüber nachgedacht — könnten Sie nicht ein Rendezvous irgendwo am Rande des Vulmoti-Reichs arrangieren? Die zeitliche Abstimmung ihres Auftauchens an verschiedenen Stellen zwänge die Bizh, in dieser Richtung zu denken.«

John unterdrückte ein Stöhnen. »Wir müßten bei diesem Flug jeden Winkel unserer Schiffe mit Munition, Treibstoff und Nahrung vollstopfen. Sind Sie in der Lage, die beiden erstgenannten Dinge zu liefern? Nahrungsmittel bekommen wir auf Akiel.«

»Wir können Ihnen Munition und Treibstoff liefern, aber das wird einige hundert Stunden dauern. Die schnelle Zusammenstellung eines so großen Vorrats zöge die Aufmerksamkeit von Spionen auf sich. Sie haben doch immer noch zwei Bizh-Schiffe zur Überholung auf Akiel. Bis diese fertig sind, werden wir Ihre Raketen und Ihren Treibstoff auf einem wenig frequentierten Planeten bereitgestellt haben.«

Johns Gedanken jagten sich. Sehnsüchtig dachte er an das Klee-Schiff, das ihm der Omniarch versprochen hatte. Abgesehen von dem möglichen furchteinflößenden Kampfpotential stellte es (wenn es wirklich so groß war, wie behauptet wurde) eine ebenso bequeme Basis dar wie ein Planet. Er konnte alle seine zweihundert Mann an Bord nehmen. Aber er durfte Vez nichts davon sagen. »Weil wir gerade von wenig frequentierten Planeten sprachen«, sagte er statt dessen. »Unser Erscheinen auf Akiel ist nicht mehr ganz so willkommen. Bei unserem letzten Zusammentreffen sprachen wir doch über irgendeinen unbewohnten Planeten innerhalb Ihres Einflußbereichs, auf dem wir uns niederlassen könnten. Haben Sie schon einen geeigneten ausgesucht? Dort könnten Sie auch das Waffen- und Treibstoffdepot einrichten.«

Vez blickte John einen Augenblick prüfend an. »Eine ausgezeichnete Idee. Ich habe in der Tat schon einen Planeten ausgewählt. Wann wollen Sie ihn besichtigen?«

»Nicht vor einigen Hohdan-Tagen, wenn Sie mir dies gestatten. Ich habe noch eine Menge Vorbereitungen zu treffen, von der moralischen Aufrüstung ganz zu schweigen. Darf ich ein ferngesteuertes Schiff in Ihr Hauptquartier schicken, sobald ich fertig bin?«

»Durchaus, Freund John Braysen. Bis zum nächsten Treffen.«

»Bis dann, Vez Do Han.«

John kehrte auf Akiel zurück und suchte eiligst den jüngeren großen Chelki auf. »Ich muß so schnell wie möglich den Omniarchen sprechen. Ich werde mit meinem Schiff überall hinreisen, um ihn zu treffen.«

Der Chelki pflanzte sich mit seinen vier Beinen vor John auf und sah ihn ausdruckslos an. »Wie Sie wissen, Kommodore, ist mir der Aufenthaltsort meines Vorfahren unbekannt. Eine Nachricht kann auf Umwegen an ihn gesandt werden, aber ich weiß nicht, wie lange es dauern wird.«

7

Bulvenorg, Generalfeldmarschall der Rundumverteidigung des Groß-Vulmotischen Reiches, lauschte dem geschwätzigen und zänkisches Palaver des hastig einberufenen Symposiums. Die meisten der hier anwesenden Offiziere unterstanden ihm direkt, aber wie üblich ließ er eine Weile die Zügel schleifen. Wie eine fette, faule Katze saß er in seinem Stuhl, die Augen halb geschlossen, nur hin und wieder zuckte er mit den Ohren, wenn ihn ein irgendwie bemerkenswerter Gesprächsfetzen erreichte.

Nicht, daß Bulvenorg einen katzenartigen Körper gehabt hätte. Er war durchaus humanoid. Seine beiden Hände waren ebenso wie bei den Hohd mit vier Fingern und einem Daumen versehen. Wenn die Fingernägel der Vulmoti etwas dicker und kräftiger verwurzelt waren, so lag dies an ihrer ziemlich rauhen Umwelt. Bulvenorg hätte die Schuhe eines Menschen tragen können; große, breite Männerschuhe hätten es allerdings sein müssen, denn die Zehen der Vulmoti waren zu ausgeprägteren Greifwerkzeugen geworden als die menschlichen Zehen. Sein Gesicht hätte man niemals für ein menschliches gehalten. Die Wangenflächen liefen von den Ohren aus gerade nach vorn, so daß für die große Nase, das leicht vorspringende Kinn, die eng beieinanderstehenden Augen und die Schneidezähne nur sehr wenig Platz übrigblieb. Die Zähne sahen mehr nach Raubtier- als nach menschlichen Zähnen aus.

Bulvenorg war etwa einsachtzig groß und für menschliche Verhältnisse sehr stämmig. Nach irdischen Gewichten wog er an die dreihundert Pfund. Er war weder fett noch besonders muskulös. Die meisten anderen hominiden Arten konnten es sich nur schwer erklären, wieso ein Vulmoti so geschmeidig und flink sein konnte, und wie er es fertigbrachte, seine Muskeln je nach Wunsch völlig zu entspannen. Allerdings kannten die wenigsten humanoiden Arten echte Katzen, wie sie auf der Erde lebten; sie sahen nie, wie übergangslos diese Tiere aus entspanntem Halbschlaf in gezielte Aktion schnellen konnten.

In dieser Hinsicht war Bulvenorg den Katzen ähnlich.

Seine spitzen, mit einem Haarbüschel besetzten Ohren zuckten immer häufiger. Mit der Hand strich er sich über das kurze, drahtartige schwarze Haar, das über seiner fliehenden Stirn wuchs. Eine kurze Röte verdunkelte seine an sich schon gelbbraune Gesichtsfarbe. Er war nicht zornig, nur ungeduldig. Die zwanglose Auseinandersetzung der kleinen Gruppen brachte keine neuen Informationen oder Gedanken. Er richtete sich in seinem Sessel auf.

Sofort klopfte der Offizier, der das Symposium leitete, mit einem bleistiftähnlichen Gegenstand, der eigentlich ein schwacher Laser war, so daß er beim Schreiben ein papierähnliches Material nur leicht ankohlte — mit diesem Ding also klopfte er auf sein Stehpult, denn Vulmoti-Vorsitzende saßen nie. Der verstärkte Klopfton ließ die ganze Versammlung aufmerken.

Bulvenorg drückte auf einen Knopf am Revers seiner Uniform und sprach mit seiner tiefen Stimme. »Es ist klar, daß viele von Ihnen versuchen, ihre Verwirrung zu tarnen.« Er machte eine Pause, um sich das aufgebrachte Gemurmel anzuhören. »Der Zivilbeauftragte schwelgte in seinen Vorurteilen, als er behauptete, daß diese oder jene unserer Militäreinheiten also doch unaufgefordert Angriffe auf Vorposten des Bizh-Reiches unternommen haben aus Gründen, die, wie er sich auszudrücken beliebte, kein normales Wesen verstehen konnte. Unser Public-Relation-Direktor hat auf diese vielleicht frivole Behauptung ausführlich und, wie ich meine, allzu erhaben, was die Sache betrifft, geantwortet. Der Leiter unseres Geheimdienstes ließ sich wortreich über die Schwierigkeiten der Spionage innerhalb eines fremden Reiches aus, das viele hundert Lichtjahre von den äußersten Grenzen unseres Reiches entfernt ist und zu dem wir nicht einmal diplomatische Beziehungen unterhalten. Und schließlich hörten wir den Bericht meines eigenen Adjutanten, welche Maßnahmen wir gegen mögliche massive Vergeltungsangriffe seitens der Bizh unternommen haben.« Er machte wieder eine Pause, um sich umzusehen, wen er eventuell noch nicht erwähnt hatte. Er konnte natürlich wie eine Dampfwalze über sie hinwegrollen, aber er zog die sanftere Art vor. Er wollte das Symposium so rasch wie möglich beenden, ohne jemanden zu verstimmen.

»Es macht mich dennoch stutzig«, fuhr er fort, »daß niemand auch nur nebenbei erwähnte, diese rätselhaften Angriffe — und es läßt sich nicht leugnen, daß unser Geheimdienst unter extrem schwierigen Bedingungen arbeiten muß — könnten bewußt geplant gewesen sein, um zwischen uns und den Bizh Zwietracht zu sähen.«

Die Kommentare klangen teils überrascht teils besorgt.

»Diese Möglichkeit«, fuhr er fort, »lag natürlich von Anfang an auf der Hand. Ich erwähnte sie nicht, weil ich hoffte, daß sie auch von anderen in Betracht gezogen worden sein könnte, möglicherweise unter anderen Gesichtspunkten, die hilfreich gewesen wären. Ich schlage nun vor, daß Sie sich alle mit dieser Idee beschäftigen, so daß wir sie beim nächsten Zusammentreffen besprechen können.«

Der Zivilbeauftragte — das einzig Verbindende zwischen ihm und Bolvenorg war ihr gegenseitiger, widerwillig gezollter Respekt — räusperte sich. Bulvenorg sah ihn an, was soviel wie Sie-haben-das-Wort bedeutete.

»Ein interessanter Gedanke«, sagte der Zivilbeauftragte, »zumal er von jemandem kommt, der sich selten mit solchen Finessen abgibt. Wer kommt Ihrer Meinung denn als Täter in Frage? Denken Sie an Fremde, oder glauben Sie, einer unserer eigenen Leute brauchte irgendeinen Buhmann, um sich der Bewilligung seines Ausgabebudgets zu versichern?«

Bulvenorg griente. »Glauben Sie bitte nicht, daß mir diese Möglichkeit entgangen wäre. Trotzdem habe ich mir, da ich für die Verteidigung des Reichs verantwortlich bin, beträchtliche Mühe gemacht, um festzustellen, daß es niemand von unseren eigenen Leuten ist. Und, obwohl es sich bei unseren Informationen vielleicht nicht um die besten handelt, ist es doch völlig klar, daß es sich bei den Tätern — ich danke Ihnen, daß Sie mir das Wort lieferten — um Fremde, und zwar um eine sehr kleine Streitmacht handelt.«

Der Zivilbeauftragte verneigte sich. »Ich stelle fest, daß Sie in der Hoffnung, einen Krieg zu vermeiden, mit mir einer Meinung sind. Dürfen wir nun auch hoffen beziehungsweise darum ersuchen, daß Sie die Identität dieser heimtückischen Angreifer preisgeben?«

Bulvenorg gab sich verwirrt. »Darum müssen wir uns erst noch bemühen«, grollte er. »Und nachdem wir noch keinen Hinweis haben — obwohl ich verschiedene Kandidaten in Erwägung ziehe — halte ich nichts davon, dieses Thema im Augenblick eingehender zu diskutieren.«

Der Zivilbeauftragte lachte. Bulvenorg erhob sich und schritt lässig durch die sich zerstreuende Menge, schüttelte hier dem einen die Hand, wechselte dort ein paar Worte. Er hatte im Grunde nichts gegen den Verkehr mit Untergebenen, aber wenn er dadurch, wie jetzt, von wichtigen Geschäften aufgehalten wurde, fiel es ihm schwer, seine Ungeduld zu verbergen. Endlich waren die meisten gegangen. Er berührte wieder den Knopf an seinem Revers und sprach zum Vorsitzenden, der noch immer an seinem Pult stand: »Admiral Gusten, kann ich kurz mit Ihnen sprechen?«

In seinem Büro holte Bulvenorg eine Flasche aus seinem Schreibtisch und goß sich und Gusten ein Gläschen eines alkoholischen Getränks ein. »Ich dachte schon«, bemerkte er, »Sie müßten diesen verrückten Zivilisten das Wort entziehen.«

Gusten grinste. »Er ist schon so lange Politiker, daß er noch vor dem Vorsitzenden weiß, wann dieser zum Laserstift greift. Aber fiel Ihnen nicht auch auf, daß er heute ungewöhnlich liebenswürdig war?«

Bulvenorg machte das Zeichen des Einverständnisses, indem er Daumen und Zeigefinger zusammenlegte. »Er war hier, um gegen uns zu sticheln. Die Wahlen stehen vor der Tür. Ist Ihnen eingefallen, Gusten, wer uns wahrscheinlich eins auswischen will?«

Gusten legte seinen Daumen auf den kleinen Finger. »Ich tappe völlig im dunkeln. Kann mir nicht vorstellen, wer sich ein Dutzend unserer Schiffe beschaffen könnte — einschließlich eines Nave-Class-Schiffs von vierzigtausend *lohm*! Ich glaube, nicht in fünf Generationen wurden uns so viele Schiffe weggeschnappt.«

Bulvenorg zuckte mit einer Schulter und nippte an seinem

Glas. »Das ist ein Rätsel. Wahrscheinlich hat jemand heimlich unsere Schiffe nachgebaut. Allerdings hätten diese Leute dann damit eine unglaubliche Leistung vollbracht. Meiner Meinung nach sollten wir unsere Archive durchsehen, die schon seit einer halben Ewigkeit niemand mehr geöffnet hat, um eine genaue Übersicht über die Schiffe zu erhalten, die wir tatsächlich verloren haben.« Er setzte sich und blickte seinen Untergebenen an. »Dennoch — fällt Ihnen nicht eine Rasse ein, die fleißig Schiff für Schiff erwerben und horten würde, um sie eines Tages gegen uns einzusetzen?«

Gusten runzelte die Stirn. »Natürlich — die Langlebigkeit unserer oft rätselhaften Sklaven, der Chelki, fällt mir ein. Ich beschäftigte mich sogar ein bißchen damit. Bei den beiden kleinen Aufständen, wenn man sie überhaupt als solche bezeichnen kann, innerhalb der letzten hundert Vulmoti-Jahre wurden alle erbeuteten Schiffe von uns zurückerobert.«

Bulvenorg lächelte säuerlich. »Ja. Aber wir verloren auch Schiffe, nur daß es dafür keine Erklärung gab.«

»Die Chelki-Technos sind solcher Gewalttaten nicht fähig«, protestierte Gusten.

»Die Technos nicht. Aber es ist uns bis jetzt noch nicht gelungen, das Geheimnis der Chelki-Hormone zu enträtseln. Woher wollen wir wissen, daß sie nicht irgendwo einen Großen Chelki zu Zuchtzwecken verborgen halten, dem es inzwischen gelungen ist, Wesen zu entwickeln, die wie geschlechtslose Technos aussehen, aber kriegerische Instinkte haben?«

»Halten Sie das für möglich?« fragte Gusten bestürzt.

Bulvenorg leerte sein Glas und schwenkte es in einer ungeduldigen Geste. »Es ist mir nur so eingefallen. Wenn wir aber realistisch bleiben, so ist es durchaus möglich, daß die Schiffe auf verschiedenen Umwegen zusammenkamen — eine Koalition unserer Gegner brächte derlei durchaus zuwege. Die wichtigere Frage ist aber im Augenblick: Was für eine Besatzung ist auf den Schiffen? Diese Wesen gehen das Risiko ein, gefangen oder, bei nicht vollständiger Zerstörung ihrer Körper, zumindest identifiziert zu werden; also handelt es sich nicht um eines der Reiche, mit denen wir von Zeit zu Zeit kleinere Auseinandersetzungen haben. Können Sie sich keine kleine, tollkühne Gruppe humanoider Wesen denken, die uns mit jeder Faser ihres Körpers hassen?« Er betrachtete seinen Untergebenen voller Enttäuschung. »Selbst wenn Sie sich dazu die anscheinend genial geführte Schlacht gegen einen Kampfverband der Bizh-Verteidigungsstreitkräfte vorstellen?«

Gusten sah ihn offenen Mundes an. »Sie meinen — die Terraner? Und Kom — Wie war doch gleich diese idiotische Rangbezeichnung? Kommodore John Braysen? Das kann nicht sein. Von denen sind nur noch ganz wenige am Leben. Und Braysen, dachte ich, wäre auf Drongail gestorben.«

Bulvenorg bleckte die Zähne, ohne dabei zu lächeln. »Braysen gelangte nach Drongail und wurde nach unseren Informationen dort dronsüchtig. Was den Rest der Terraner angeht, so habe ich mich heute früh ein wenig damit beschäftigt. Es könnten ungefähr noch zweihundert von ihnen am Leben sein.«

Langsam leerte Gusten sein Glas. »Ich verstehe Ihren Gedankengang. Aber er ist unglaublich.«

»Unglaublich? Denken Sie doch mal nach, Gusten. Sie waren mehrere *megashegs* bei Hohd. Und die Bizh machten Stielaugen auf zwei oder drei kleine Reiche, die zwischen ihrer und der Hohdan-Region liegen. Wäre es da nicht logisch, wenn Hohd versuchte, die Bizh davon zu überzeugen, daß wir an diesem Vorposten interessiert sind?«

Gusten schloß bedächtig Daumen und Zeigefinger. »Was wir eigentlich auch sein sollten! Wenn sich die Bizh entlang dieses Spiralarmes ausdehnen und vielleicht Hohd überrennen — wohin würden sie sich wohl als nächstes wenden? Bis dahin ist allerdings noch ein weiter Weg. Ich glaube, wir sollten zum gegenwärtigen Zeitpunkt keine Strafaktion gegen Hohd in Betracht ziehen.«

Bulvenorg griff nach der Flasche und schenkte nach. »Kaum. Sie sind zu stark — und selbst wenn wir einen totalen Krieg gegen Hohd gewinnen könnten, wären wir so geschwächt, daß dieser ganze galaktische Sektor den Bizh zufallen würde. Trotzdem müssen wir Vorkehrungen treffen. Zunächst müssen wir Beweise für meine zwar logische, aber durch keine Tatsachen untermauerte Gedankenkette haben. Wir werden ein Schiff nach Drongail senden, um uns dort nach Braysen zu erkundigen, und wir werden unsere Spionagetätigkeit in den Bizh- und Hohdan-Reichen verstärken.« Er überlegte eine Weile. »Vielleicht sollten wir noch etwas tun — ich habe so meine Vermutungen. Wir sollten ein Erkundungsschiff zu diesem Planeten Terra schicken.«

Gusten sah ihn erstaunt an. »Sie glauben doch nicht, daß sich dort noch Überlebende aufhalten?«

»Nein. Aber bestimmt findet sich dort noch technisches Gerät und Material. Diese Terraner könnten auf ihrem Planeten, wenn sie rasch und in Strahlenschutzanzügen arbeiteten, eine Menge nützlicher Gegenstände bergen.« Er beugte sich in seinem Stuhl nach vorn. »Wir werden möglichst bald wieder darüber sprechen. In der Zwischenzeit wünsche ich, daß sie mit der Zusammenstellung eines Stabs beginnen — verschwiegene, praktisch denkende Wesen, die, wo es angebracht erscheint, Rang und Protokoll vergessen können — um eine genaue Untersuchung von Terra durchzuführen. Ich glaube, daß der Ernst dieser Lage unser Vorgehen rechtfertigt, wobei wir uns natürlich so diskret wie möglich, doch immerhin außerhalb unseres Verantwortungsbereichs bewegen werden.«

8

Das unbewaffnete Hohdan-Kurierschiff senkte sich auf den grünen Planeten herab. John und Bart Lange saßen vor einem großen Bildschirm. John beugte sich vor und drehte an verschiedenen Knöpfen, um die vergrößerte Ansicht einer Bergkette auf den Schirm zu bekommen. »Wenn das nicht wie ein

Fichtenwald aussieht . . .«

Bart zuckte die Achseln. »Ich reg' mich erst auf, wenn ich sie rieche. Kannst du das Depot-Gebiet schon sehen?«

»Nein, aber ich glaube, es muß sozusagen gleich neben dem Bildschirm liegen, in der Nähe dieses Sees. Neben dem See ist ein Streifen Grasland, und das ganze Zeug befindet sich unter den Bäumen jenseits dieser Wiesen. Was hältst du von dem Planeten? Wirst du ihn dein Zuhause nennen wollen?«

Bart warf ihm einen schnellen Blick zu. Sie waren vorsichtig mit dem, was sie sagten, denn Vez Do Han hatte möglicherweise Abhörgeräte im Schiff installiert.

John grinste. Er war so aufgeregt, daß Vez es bestimmt merken würde, wenn er heimlich zuhören oder zusehen würde. Aber nicht die bezaubernde Welt unter ihnen war der Hauptgrund für seine Erregung, sondern die Aussicht auf das Rendezvous mit dem Omniarchen, zu dem er sich aufmachen würde, sobald er Vez und diesen Planeten wieder verlassen hatte.

Die Bordsprechanlage knackte. »Landung in zehn *dolek*«, verkündete eine Hohdan-Stimme — also in etwa zweiundzwanzig Minuten.

John und Bart gingen in ihre Kabinen, um ihr Gepäck zu holen. Es war abgemacht, daß nur sie beide hierbleiben sollten, um auf die *Luna* zu warten, die mit Proviant von Akiel kommen würde. Nicht, daß dieser Planet nicht fruchtbar gewesen wäre, aber solange es noch keine verarbeitende Lebensmittelindustrie gab, mußten bereits verpackte Vorräte angelegt werden.

John wußte noch nicht, ob der Omniarch von Akiel mit dem Raumschiff kam oder ob er nur die Koordinaten für irgendeinen Rendezvous-Punkt schicken würde. John glaubte nicht, daß es dieses uralte Wesen wagen würde, sich hier sehen zu lassen. Aber das machte nichts — allmählich kamen die Dinge in Fluß.

Die Sonne schien wie Sol, die Sonne des Planeten Erde.

Die Bäume, die an die Wiesen angrenzten, waren keine Fichten — sie trugen krause, ovale Blätter und rochen wie Ingwer —, aber sie ließen Johns Herz schneller schlagen. Das Gras war oberflächlich betrachtet wie irdisches Gras; wo es dicht wuchs, war es knöcheltief, und es roch auch wie Gras.

Die am häufigsten vorkommende Vogelart könnten Häher gewesen sein, nur daß ihr Gefieder lila und nicht in jenem unvergessenen Blau leuchtete. Die Stelle des irdischen Eichhörnchens nahm in dieser Ökologie eine Kreatur ein, die auf den ersten Blick wie ein sehr kleines, unbehaartes mexikanisches Hündchen wirkte, das aber an den Stämmen hinauf- und hinunterlief, wie es ein Hund nie tun würde. Außerdem sahen sie ein waschbärähnliches Tier gemächlich auf den See zusteuern. Als es das Schiff erblickte, stutzte es kurz und rannte in den Wald zurück, wobei es wie ein Mensch keuchte. Besonders die Art, wie es sich bewegte, erinnerte John an einen Waschbären. In Wirklichkeit besaß es eine längere Schnauze, einen kurzen Schwanz und ein graugesprenkeltes Fell mit einem weißen Brustfleck.

Vez, der neben John und Bart stand, lächelte. »Gefällt es Ihnen, Freunde und Waffenbrüder?«

John mußte schlucken, bevor er sprechen konnte. »Es . . . ist vollkommen, Vez. Es ist wie auf der Erde, wie man sich dort in gemäßigten Breiten und in dieser Höhe über dem Meeresspiegel im Spätfrühling fühlen würde.«

»Das freut mich. Ich bat meine Ökologen, Ihre Beschreibung der Erde genau zu studieren, bevor wir unsere Wahl trafen. Obwohl uns nur wenig Zeit zur Erkundung dieses Planeten blieb, bin ich davon überzeugt, daß Sie sich in der Nähe dieses Sees ohne weiteres niederlassen können. Sie müßten nur die üblichen Vorsichtsmaßnahmen gegen eventuell vorhandene wilde Tiere treffen. Glauben Sie, daß Zelte vorerst genügen? Wir könnten auch rasch Bungalows errichten . . .«

»Zelte sind genau richtig — und weniger auffällig.«

»Soviel ich gehört habe — leider konnte ich es nicht selbst besichtigen — gibt es ein paar Meilen flußabwärts eine Hochebene, wo Sie ein Dorf und alle einfachen Produktionsstätten, die Sie benötigen, errichten können. Sollten Sie sehr viele Schiffe erwerben, hielte ich es für wichtig, sie gut zu tarnen. Solange wir dieses Depot hier unterhalten, würde ich raten, jeweils nur mit zwei oder drei Schiffen gleichzeitig zu landen. Und da der Boden hier nicht fest genug ist, um Hebekräne zu tragen, werden Sie zum Verladen der Munition Grav-Schlingen anwenden müssen.«

Sie gingen zum Munitionsdepot, das sich im unteren Teil des Waldgebiets, das an das Wiesenland angrenzte, befand. Über die großen Lattenkisten und Kanister waren mit Stoffstreifen besetzte Netze gebreitet, die in der Farbe genau dem Laubwerk angepaßt waren, wie ihnen Vez versicherte, ob man sie nun mit infrarotem oder ultraviolettem Licht bestrahlte.

Welche Höllenkräfte schlummerten unter diesen Netzen! Johns Puls schlug schneller, wenn er daran dachte, wie diese langen Raketen in Salven hinausschossen und die feindlichen Schiffe verfolgten. Und es graute ihm vor sich selbst. Was bin ich für ein Wesen, das sich in der einen Minute am Duft frischen Grases berauschen kann und in der nächsten an der Entfachung teuflischer Zerstörungsgewalt?

Er zwang sich, Gefühle zu vergessen. Ihm und seinen Männern blieb nichts anderes übrig, als weiterzumachen.

Behutsam setzte die *Luna* auf der Wiese auf, das heißt, sie blieb ungefähr drei Zentimeter über dem Boden in der Schwebe, um keine Abdrücke im Boden zu hinterlassen.

Coulter tauchte als erster in der Luke auf. John ging ihm grüßend entgegen. »Hast du einen Passagier mitgebracht?«

»Nein. Nur ein paar Koordinaten und eine Zeitangabe.«

»Wo und wann?«

»Ungefähr zwölfeinhalb Lichtjahre von hier entfernt, zwischen vier Sternen eines doppelten Binärsterns, so daß wir für jeden Massedetektor unauffindbar sind. Und frühestens zu einem Zeitpunkt von« — er warf einen Blick auf seine Armbanduhr — »jetzt ab in elf Stunden.«

John verzog das Gesicht. »Bleibt uns nicht viel Zeit, deine Ladung zu löschen und das Schiff neu auszurüsten.«

»Wir sollen die *Luna* ohnehin nicht nehmen«, sagte Coulter. »Wir sollen mit einem der kleinen Schiffe später nach Akiel zurückreisen. Anscheinend befürchtet man, daß der große Eimer zu viel Aufsehen erregen könnte. Der junge Große Chelki auf Akiel vermutete, daß Vez Do Han bereits Verdacht geschöpft hat . . .«

John seufzte. »Wahrscheinlich hat er recht. Nun, das kostet uns noch einmal zwei Stunden. Noch weitere Anweisungen?«

»Ja. Wir sollten ungefähr zwölf Mann sein und die Besatzung für das kleine Schiff, das nach Akiel zurückgehen soll — oder auch hierher, wenn Sie das wollen.«

»Ja, das wäre mir lieber. Wir brauchen hier eine Wache. Wir werden jeweils zwei bewaffnete Aufklärer hierherschicken, um Raketen und Treibstoff zu laden. So, und nun an die Arbeit. Ich schlage vor, wir lagern die Vorräte einfach hier unter den Bäumen.«

9

John versuchte seine Nervosität zu verbergen, als er dem Omniarchen bei seiner Null-Programmierung zusah. Es sollte ein Sprung über etliche Lichtjahre werden und zwar unmittelbar zu dem Zielplaneten ohne die sonst üblichen kleineren Annäherungssprünge. Eine solche Reise nannte man sehr treffend ein Null-Roulett.

Die Massedetektorkugel zeigte zwei große, dicht beieinanderliegende Punkte, das eine Paar des Doppelsterns, und zwei weitere Echozeichen in einigem Abstand vom Zentrum des gewölbten Schirms, das Sternenpaar des anderen Binärsterns. Es war ein idealer Ort für ein heimliches Treffen.

Der große Chelki drehte den Kopf zu John. »Zehn Sekunden, Kommodore.«

John versuchte, sich zu entkrampfen.

Null!

In Wirklichkeit mußten nur eineinhalb Minuten vergehen, aber das war unter diesen Umständen eine halbe Ewigkeit. Ein aus Null auftauchendes Schiff konnte einen faustgroßen Gesteinsbrocken zur Seite stoßen, aber nicht mehr. John schwitzte, schluckte krampfhaft. Er spreizte und ballte seine schweißnassen Finger. Der Sekundenzeiger rückte auf die Null-Markierung zu.

Break-out!

Und sie lebten noch — und bewegten sich in der Umlaufbahn eines Planeten, der bis auf die wenigen Krater dem Mars sehr ähnlich war. Er blickte auf die Instrumente. Ein Atmosphärendruck von nicht mehr als vier Kilopond auf den Quadratmeter. Etwas Sauerstoff. Die Sonne dieses Planeten war eine armselige, verlöschende Zwergsonne, die in ihren heißeren Tagen sämtliches Leben auf diesem Planeten versengt haben mußte. Obwohl der Planet noch kleine Meere besaß, war er unfruchtbar.

Sie befanden sich eindeutig im Hohdan-Gebiet, ohne deren Wissen, und trotz seiner Erregung über das versprochene Klee-Schiff konnte John das ungute Gefühl, Vez Do Han hintergangen zu haben, nicht verwinden.

Aber nun waren sie schon einmal hier . . .

Die großen, behaarten Hände des Omniarchen glitten über das Schaltbrett. Das Schiff senkte sich. Die Luft begann rund um den Schiffskörper zu pfeifen. Sie bewegten sich seitlich und blieben über einem länglichen Tafelland schweben. Wieder wandte der Omniarch den Kopf. »Wir werden ein bißchen buddeln müssen, John Braysen. Wir werden die Erde mit einem Schwerkraftstrahl lockern und den Staub dann mit Preßluft wegblasen.«

John, glücklich, daß er überhaupt noch lebte, zuckte nur mit den Schultern. »Sie sind der Chef. Wo wollen wir denn graben?«

»Nicht richtig graben. An der Leeseite an diesem Ende des

Tafelgebirges unter uns befindet sich ungefähr sechs Meter unter der Oberfläche ein Metallkästchen, sechzig Zentimeter im Durchmesser und dreißig Zentimeter hoch. Wir können die Stelle mit dem Magnetometer genau feststellen.«

»Soll mir recht sein, wenn Sie sechs Meter tief im Boden nicht graben nennen. Was ist es denn? Ein Türmchen oder etwas, das von dem Kleeschiff herausragt?«

»Nein, John Braysen. Es handelt sich nicht um einen Teil des Schiffes selbst, sondern um ein Fernsteuerungsgerät, das das Schiff zu uns bringen wird, und mit dem keiner etwas anzufangen gewußt hätte, der sich nicht wie ich mit dem wenigen, das wir über die Klee-Technologie wissen, abgemüht hätte. Jetzt wollen wir landen, um das Gerät zu orten und rasch in unseren Besitz zu bringen.«

Das Gerät sah wie eine große metallene Hutschachtel aus, an der keinerlei Verschluß zu sehen war. Klopfte man mit den Fingerknöcheln dagegen, hörte sich das Metall sehr massiv an; aber das Ding war offensichtlich hohl.

Die erste Merkwürdigkeit dieser Schachtel war, wie man sie zu öffnen hatte.

Der Omniarch hatte sich zu Beginn der Reise versichert, daß sich unter den Vorräten des kleinen Schiffes auch Kupferdraht befand sowie ein langer Plastikschlauch. Nun wickelte er eine ungewöhnliche, aber einfache Art von Spule. Er wand den Kupferdraht um den Schlauch, so daß eine sehr lange Spirale entstand; diese legte er in drei und einem halben Ring um das altertümliche Steuerungsgerät. Das Ganze befestigte er mit etlichen Streifen eines starken Klebebandes.

»So, und nun brauchen wir pulsierenden Gleichstrom«, sagte er zu John. »Die Frequenz müßten wir regulieren können zwischen, sagen wir fünf- und fünfzehnhundert Megazyklen pro Sekunde. Kann das Schiff mit so etwas Ähnlichem aufwarten?«

John starrte das vierbeinige Wesen ungläubig an. Den ganzen Weg hierherzukommen . . . Dann erblickte er eine Art Humor im Gesicht des Humanoiden, und er errötete. »Natürlich. Wenn Sie nicht mehr als ein paar hundert Watt brauchen, nehmen wir einfach die Leitungen der Grav-Strahler.«

Der Omniarch lächelte. »Es wäre indiskret gewesen, Spezialgeräte mitzunehmen.« Dann atmete er tief ein und trat etwas verlegen von einem Fuß auf den anderen. »Bitte, verzeihen Sie, wenn ich etwas erregt bin. Ich habe von dem Schiff, das wir hierherbringen werden, nur Filme gesehen — Filme sagen Sie doch, nicht wahr? — Wenn alles gut geht, stellt dies einen wichtigen Schritt in meinem Plan dar sowie einen enormen Fortschritt auf dem Gebiet der Erforschung der Klee-Technologie.«

John war einfach fassungslos. »Heißt das, daß Sie dieses Fernsteuergerät nie zuvor benützt haben?«

»O doch, das habe ich benützt und mit sehr aufregenden Ergebnissen. Ich habe es selbst hier vor einigen Ihrer Lebensspannen vergraben. Aber das Schiff selbst . . . Nun, Sie werden sehen.«

Wenige Minuten später floß Strom durch die behelfsmäßige Spule. Breitbeinig und mit zur Seite geneigtem Kopf stand der Omniarch darüber; in der Hand hielt er einen Frequenzzähler. Langsam drehte er an einem Knopf; aber es schien sich nichts zu tun.

Aber plötzlich zitterte das Gerät, rüttelte und schüttelte sich, hüpfte ein paar Zentimeter hoch — und dann sprang der Deckel der Hutschachtel auf. Nur das Klebeband verhinderte, daß er in hohem Bogen davonflog.

Die Hände des Omniarchen zitterten leicht, als er die Spule entfernte. Und als er den Deckel ganz abgenommen hatte, starrte John auf eine komplizierte Anordnung verschiedener Bauteile, Meßgeräte und Markierungen. Er erkannte die Klee-Schriftzeichen, obwohl es noch niemandem gelungen war, sie zu entziffern.

Die Hände des großen Chelki wurden noch unruhiger, als er sich — immer schön ein Bein nach dem anderen — neben das Gerät kniete und die verschiedenen Schaltknöpfe berührte. Er holte tief Luft und sah John an. »Wenn ich den

Film damals recht verstand, und nach dem, was ich aus verschiedenen Richtungen her zu entziffern vermochte — und wenn die Klee-Technologie so unfehlbar ist, wie ich allen Grund habe zu glauben —, wird das Schiff kaum zweitausend Meter von hier entfernt aus dem Boden hervorbrechen. Wir sollten vielleicht an Bord Ihres Schiffes gehen und aufsteigen. Die Vulkane auf diesem Planeten sind zwar schon lange erloschen, aber die Energie, die ich jetzt wirken lasse, ist ungeheuer, so daß es zu einem kleinen Ausbruch kommen könnte.«

Benommen lief John hinter dem Omniarchen her zum Schiff. John bediente die Steuerung seines Schiffes, und dann beobachteten sie aus einer Höhe von tausend Meter — und zehn Kilometer Seitenentfernung — über die Aufzeichnungs- und Wiedergabegeräte die Vorgänge, nachdem der große Chelki das Fernsteuergerät eingestellt und zögernd in Betrieb gesetzt hatte.

Einige Minuten lang geschah nichts, und John begann vor Zorn und Enttäuschung zu beben. Dann geschah doch etwas. Panikartig wollte John sich ans Schaltbrett stürzen und das Schiff mit siebzehn G Beschleunigung himmelwärts jagen. Glücklicherweise war er starr vor Schreck.

Zuerst barst die rötliche Kruste der Wüste, die etwa zwei Kilometer unterhalb des Tafellandes begann. Sie brach nicht an einer Stelle, sondern entlang einer geraden Linie auf. Die aufgeworfenen Sand- und Gesteinsmassen breiteten sich seitlich dieser Linie aus und wurden zu zwei riesigen Hügelrükken. Nach ein oder zwei Minuten folgte ein Schlammerguß — und aus dem Staub und Dreck erhob es sich, als hievte sich ein gigantisches Unterseeboot aus eigener Kraft aus festem Grund.

Der Lärm drang in das Schiff. Es war kein Explosionsgeräusch, sondern ein Dröhnen, das Kaskaden stürzender Felsbrocken und Gesteinsmassen verursachten.

Eine Staubwolke verdunkelte die Gegend, so daß John zunächst nicht sehen konnte, was da heraufkam. Und dann —.

als wären diese Millionen Tonnen Felsgestein nur ein Staubkrümel, hob sich das Schiff langsam und majestätisch auf ebenem Kiel in die Luft.

John saß wie gelähmt. Er war zu verblüfft, um auf seine Meßgeräte zu sehen, die ihm gezeigt hätten, daß ihn seine Augen nicht trogen.

Eintausendzweihundert Meter lang und zweihundert bis zweihundertfünfzig Meter im Durchmesser, zylinderförmig, nur daß sich die Enden nicht halbkugelartig wölbten, sondern paraboloid, etwa so wie bei dem schlankeren Ende eines Hühnereis.

Es war eigentlich absurd, angesichts dieser schieren Unermeßlichkeit an etwas Kleines zu denken.

Rund um das Schiff verliefen in bestimmten Abständen Bänder oder Markierungen. Waren es Ketten? — Nein! Kreisrunde Punkte, die sich nicht berührten, die aber in ihrer Anordnung wie Bänder wirkten. Ganz automatisch zählte er diese Bänder; achtzehn waren es, und wenn sie sich rund um den Schiffskörper zogen, mußte jedes aus ungefähr vierzig bis fünfzig Kreisen bestehen.

Dann betrachtete er die Kreise (eigentlich waren es runde Scheiben) aus einer anderen geistigen Perspektive und bemerkte, daß sie wahrscheinlich Lukendeckel waren, die aus einem dunkleren Metall bestanden oder in anderer Farbe gestrichen waren als der mattsilberne Rumpf.

Hunderte von Luken, und jede einzelne war so groß, daß ein Schiff wie dieses, auf dem er sich augenblicklich befand, in das Klee-Schiff einfahren konnte.

Plötzlich bemerkte er, daß das Monstrum noch immer stieg und sich nun fast auf gleicher Höhe mit ihnen befand. »He! Können Sie nicht —« fuhr er den Omniarchen an.

Aber der Chelki arbeitete bereits an seinem Fernsteuerungsgerät. John warf einen Blick auf den Bildschirm. Das unglaubliche Schiff schwebte jetzt neben ihnen, und er sah, wie eine der Luken — nicht aufglitt — sondern aufsprang.

Der Omniarch lächelte mit seinem dünnlippigen Mund,

doch in seinen Augen spiegelte sich seine große Erregung. »Sollen wir an Bord Ihres neuen Schiffes gehen, Kommodore John Braysen?«

Die vom Omniarchen angeforderte zwölf Mann Besatzung brauchte man weniger für den Betrieb des Schiffes — sämtliche Kontrollgeräte für Grav- und Null-Antrieb, Luken oder interne Triebwerke waren in dem mittschiffs gelegenen Hauptkontrollraum leicht zu identifizieren — als um mehr über das Schiff zu erfahren.

Sie lagen jetzt wieder auf dem Rendezvous-Punkt des Omniarchen zwischen den vier Sternen der beiden Doppelsterne. Durch vorsichtiges Ausprobieren verschiedener Schalter, Schaltknöpfe und Tastaturen hatten sie bereits das schiffsinterne Kommunikationssystem gefunden, so daß die Männer aus den verschiedenen Schiffsteilen der Zentrale durchgeben konnten, was jeweils geschah. Und es geschahen ganz unglaubliche Dinge als Antwort auf die Betätigung verschiedener Schalter im Hauptkontrollraum oder in den beiden Nebenkontrollstationen an den Schiffsenden. Gewaltige Abschußbasen schwenkten auf ihren Rampen aus, ohne einen Hinweis zu geben, für welche Waffenart sie einst gebaut worden waren. Kontrollampen blinkten in sechs verschiedenen Farben in Kammern, wo die Kraftleitungen sorgfältig mit Plastikklemmen isoliert waren. Summer ertönten ganz plötzlich, nur um anzuzeigen, daß in einem Kontrollraum bestimmte Knöpfe gedrückt worden waren. Und in riesigen, dickwandigen Säulen sangen Millionen von Kilowatt — keiner wußte, zu welchem Zweck!

John und der Omniarch liefen selbstverständlich nicht einfach herum und schalteten, wie es ihnen gerade gefiel. Noch bevor sie es wagten, einen Lichtschalter zu betätigen, hatten sie viele Stunden damit zugebracht, die Vermutungen des Omniarchen so weit als möglich zu bestätigen, daß nämlich das Schiff ein derart umfangreiches Sicherungssystem besaß, so daß nicht einmal mit böser Absicht irgend etwas zerstört werden konnte. Außerdem waren sie auch in der Lage, die Warnschilder an verschiedenen Anlagen zu entziffern, die in der alten Klee-Schrift geschrieben waren. Der Omniarch hatte gute Vorarbeit geleistet.

Und noch etwas erstaunte John zunächst sehr. »Das ist doch ein verdammter Zufall«, sagte er, als er vor dem dritten oder vierten Warnschild stehenblieb. »In meiner eigenen Welt bedeutete Rot Gefahr. Ebenso ist es bei den Hohdans und bei den Vulmoti. Und anscheinend auch bei den Klee!«

Der Omniarch lächelte allwissend. »Kein Zufall, John Braysen. Auch meine eigene Rasse benützte Rot für Gefahr, als wir noch eine eigene Kultur besaßen. Bedenken Sie doch: Haben wir nicht alle rotes Blut? Die Symbolik liegt auf der Hand.«

John sah ihn rasch an und errötete. »Sie haben recht«, sagte er und grinste. »Wir wären ganz schön in der Klemme, wenn wir Artefakte einer Rasse mit grünem Blut fänden?«

»Das will ich meinen«, sagte der Omniarch. »Aber wir würden rasch umlernen, allerdings unter erheblichen Verlusten.«

Ganz offensichtlich hatten die Klee praktisch alle zur Zeit bekannten Technologien benützt. Dazu kamen eine Vielzahl völlig neuer Erfindungen.

Im Hauptkontrollraum stand zum Beispiel neben der größten Konsole ein Armaturenbrett, das auf ein Gestell montiert war, dessen Beine wie Sprungfedern aussahen. Diese vier Federn bestanden aus einem fremdartigen, sehr stabilen Plastik- oder Keramikmaterial, und sie waren so starr, daß es John trotz seiner kräftigen Finger nicht gelang, zwei Windungen auch nur um eine Idee zusammenzupressen. Auf dem Armaturenbrett befanden sich insgesamt siebenundsechzig verschiedene Skalen, die zumeist in Dreierreihen angeordnet waren, wobei jedes Trio offensichtlich dieselbe Sache, jedoch in einer Art Vernier-(Feineinsteller-)System. Es waren aber auch einzelne Skalen sowie Zweierkombinationen vorhanden und eine Unmenge von Schaltern, Knöpfen und Hebeln. »Spielen

Sie ruhig ein bißchen damit herum«, sagte der Omniarch, bevor er den Raum verließ. »Auf diesem Armaturenbrett können Sie kein Unheil anrichten.«

John sah ihm einen Augenblick nach und wandte sich dann etwas verstimmt dem geheimnisvollen Instrument zu. Es war ungefähr einen Meter achtzig hoch, drei Meter lang und dreißig Zentimeter tief und stand hochkant so dicht an der Wand, daß man dahinterliegende Instrumente und Zuleitungen nur vermuten konnte.

Alle Schalter standen auf »aus«. Er wählte einen unter einer dunklen, aber leicht durchscheinenden Scheibe, die einen Durchmesser von etwa einem Meter hatte. Er schaltete ein — und wich zurück, als sich eine transparente Kugel, die den Durchmesser der Scheibe hatte, scheinbar materialisierte.

Langsam ging er näher heran. Die Kugel selbst war nicht beleuchtet, wurde jedoch vom Licht des Kontrollraums durchdrungen. Die dunkle Scheibe war verschwunden. Die eine Halbkugel wölbte sich vor der ehemaligen Scheibe, die andere dahinter in die Wand hinein, als gäbe es in dieser Richtung mindestens fünfzig Zentimeter freien Raum. Er streckte einen Finger aus, um die Oberfläche zu berühren.

Und spürte nichts. Sein Finger stieß einfach durch das, was wie Glas oder Plastik aussah. Er zog ihn zurück — und die Kugel war immer noch vorhanden — unbeschädigt. Ein kalter Schauer kroch ihm über den Rücken. Er stellte den Schalter auf »aus«, die Kugel verschwand; die dunkle Scheibe wurde wieder sichtbar. Er drehte noch einmal an dem Schalter, und sofort erschien die Kugel wieder.

Also irgendein optisches Phänomen. Sinnend stand er eine Minute lang davor, dann eilte er plötzlich zum Massedetektor. Ja, die transparente Kugel des Massedetektors, in der sich die Lichtpunkte der zwei Binärsterne zeigten und die kleineren Punkte seines bewaffneten Aufklärers und der *Luna,* war genauso groß! Sehr vorsichtig langte er über das Geländer, das den Apparat umgab, und berührte die Oberfläche.

Diese Kugel war fest und fühlte sich kühl — im Gegensatz zu der anderen — an. Er ging zu dem auf den Sprungfedern montierten Armaturenbrett zurück.

Keiner der anderen Schalter brachte Lichtzeichen in die illusionäre Kugel, und die Zeiger der Meßgeräte verharrten völlig ruhig. Er brütete über den Schriftzeichen, konnte aber nur ein Wort erkennen, das als Überschrift über dem ganzen Schaltkasten hing. Er hatte es vom Omniarchen gelernt. Es bedeutete so viel wie Null.

Dies war also ein Spezial-Massedetektor, der nur arbeitete, wenn die Computer auf Null programmiert waren. Vielleicht zeigte es den Null-Aufladungsprozeß in der Nähe befindlicher Schiffe. Er schaltete das Gerät ab.

Ebenso rätselhaft waren vier über dem Schaltbrett eines kleinen Computers montierte Uhren. Stellte man den Hauptschalter an, begannen die vier Uhren zu gehen, aber einen Moment lang drehten sich die Zeiger wie verrückt, jeder in einem anderen Tempo, bis sich die vier Uhren schließlich auf vier verschiedene Zeiten einstellten. Drei zeigten Daten und Zeiten in Kleeschrift und waren John völlig unverständlich. Die vierte Uhr ging im selben Tempo wie seine Armbanduhr, obwohl die Ziffern und die Gradeinteilung völlig anders waren.

Und waren die sichtbaren Dinge schon geheimnisvoll, so waren es die verborgenen erst recht! Der Kern des Schiffes, eine riesige, hermetisch abgeschlossene Einheit (dreihundert Meter lang und mit einem Durchmesser von annähernd sechzig Metern) war nicht nur unzugänglich, sondern schien auch niemals irgendeinen Zugang gehabt zu haben. Dieser Kern war so stark, so dick, daß er weder mit dem Sonar-Gerät noch magnetisch auszuloten war; er war so massiv in den Schiffskörper eingelassen, daß John und der Omniarch gemeinsam vermuteten, der Kern sei aus Einzelteilen zusammengesetzt und dann mit einem nahtlosen Metallmantel umgeben worden. Diese Metallauflage bestand aus demselben Material wie der Schiffsrumpf; es war wesentlich härter und widerstandsfähiger als jeder Stahl.

Aber obwohl die Wände des Kerngehäuses gut sechs Meter dick sein mußten, war es im Innern hohl, und die Haupttriebwerke des Schiffes, wie zum Beispiel die Energieumformer, befanden sich irgendwo in seinem Innern. Dicke Rohrkabel waren an das Gehäuse angeschlossen, mit Wattleistungen, die die schwersten Kabel, die John bisher auf Schiffen gesehen hatte, zum Schmelzen gebracht hätten. Also mußten die Umformer im Innern sein. Fast zwanzig Stunden lang grübelte John vor sich hin, bevor er sich an den Omniarchen wandte. »In dem Kern muß sich eine Unmenge an Treibstoff befinden! Wenn er aufgebraucht ist, was dann? Wie soll man hier tanken? Die Klee hätten das Schiff doch bestimmt auch nicht weggeworfen, wenn der Treibstoff alle gewesen wäre. Oder hätten sie sich mit einem Schneidbrenner geholfen?«

Der Omniarch lächelte. »Sie sagten es schon: In dem Kern könnte eine Unmenge an Treibstoff liegen.«

John sah ihn eine Minute lang an. Es paßte ihm nicht, daß sich der Chelki so geheimnisumwittert gab. »Übrigens erzählten Sie mir nie, wie Sie von diesem Steuerungsgerät erfuhren, und auch nicht, wo Sie die Filme über das Klee-Schiff gesehen haben. Ich habe das Gefühl, daß Sie dort noch andere Hinweise bekamen, die vor allem in militärischer Hinsicht von Nutzen sind.«

Der Omniarch zwinkerte zweimal zum Zeichen der Bestätigung. »Glauben Sie, ich hätte nicht nachgeforscht, John Braysen? Andere Gegenstände wurden vielleicht durch Naturkatastrophen zerstört, vielleicht liegen sie auch noch irgendwo herum. Sie dürfen nicht vergessen, John Braysen, daß ich mich nicht so frei bewegen kann, wie ich gern möchte. Die Vulmoti haben Spione an vielen Orten.«

John antwortete nicht. Aber er glaubte, doch eine kleine Information gewonnen zu haben, wenn es auch nur eine mutmaßliche war. Der Ort, wo der Omniarch die Bedienungsanleitung gefunden und den Film gesehen hatte (Gott weiß, welches Material das gewesen war, um so lange zu halten), lag wahrscheinlich irgendwo im Vulmot-Bereich. Der Omniarch gebrauchte stets das Wort »Ort«, wenn er sich nicht genauer ausdrücken wollte.

Er hatte auch gesagt, die Frauen wären an einem »Ort«.

Nach ungefähr hundert Stunden (während der letzten achtzig war auch Bart Lange an Bord) traute sich John zu, das riesige Schiff auch ohne den Omniarchen zu steuern. Die Schwerkraftaggregate und der Null-Apparat waren einfach zu bedienen. Er hatte die Computer zum größten Teil mit den Äquivalenten für die Klee-Terminologie gefüttert; was hier noch zu tun übrigblieb, konnte nach und nach erledigt werden. Im mathematischen Bereich lagen die Dinge noch einfacher, denn die Klee-Computer konnten sowohl arabische Ziffern und ein Dezimalsystem als auch das Klee'sche Duodezimal-System verarbeiten. Zunächst hatte er vorgehabt, alle Skalen und Instrumenten-Anzeigetafeln in englische Sprache und arabische Zahlen umzuändern, aber er merkte bald, daß es einfacher war, umzulernen.

Der Omniarch reiste ab. Das Fernsteuerungsgerät nahm er mit. John gefiel die Sache nicht, aber er schwieg.

Nacheinander kamen alle seine Männer zu ihm. Die bewaffneten Aufklärer kamen an Bord des riesigen Schiffes und wurden in großen Bunkern verborgen. Die Wohnquartiere wurden hergerichtet, Laufgänge und Freizeiträume. Und nun wandte sich John der Bewaffnung des Schiffes zu und überließ Bart Lange das weitere Studium der Steuerung und Instrumentierung.

Die bloße Existenz eines so ungeheuer großen Schiffskörpers ließ darauf schließen, ja bewies eigentlich schon die enorme Stärke des Metalls, aus dem er hergestellt war. In einem Vorratslager fand John einen Stapel großer Metallplatten dieses Typs. John ließ Proben für die physikalische und chemische Untersuchung nehmen. Die Lukendeckel, jene riesigen Scheiben, die sich an der Außenseite des Schiffes wie achtzehn eng anliegende Ketten um das Schiff reihten, waren nur aus Stahl, einer phantastischen Qualität allerdings, die vielleicht das Nonplusultra aller möglichen Eisenlegierungen darstellte, aber dennoch wesentlich schwächer, korrosionsanfälliger und weniger schlagfest als das Metall des Rumpfes und vieler Bauteile im Innern des Schiffes. In einem Kampf wäre das sicher von Nachteil.

Aber diese Stahlluken hatten auch einen Vorteil: Sie ließen sich mit Schweißbrennern bearbeiten; und um in den großen Basen die herkömmlichen Waffen zu installieren, mußte er in die Luken Pforten schneiden lassen.

Er überlegte die Frage der Waffeninstallierung. Unter seinen Leuten gab es einige Ingenieure und einen Artillerie-Offizier, der die Montage übernehmen konnte; aber der Arbeitsaufwand würde ungeheuer werden.

Würde der Omniarch die Bewaffnung auf Akiel zulassen? Bestimmt nicht. Die ganze Arbeit würde im Weltraum verrichtet werden müssen.

Blieb nur noch eine Frage: Woher sollten sie die Waffen nehmen? Er beschloß, seine Idee mit Bart Lange zu besprechen.

»Als wir mit den Überfällen auf die Bizh begannen, konnten wir etliche Schiffe in verwertbarem Zustand erobern. Diese Möglichkeit entfällt, da die Bizh inzwischen höchste Alarmstufe haben. Hohd können wir nicht um mehr Waffen bitten — die würden die Ohren spitzen wie Füchse. Und wir können nirgends Waffen kaufen, weil wir nichts haben, womit wir sie bezahlen könnten.«

Bart zuckte widerspruchslos die Achseln und wartete, daß John fortfuhr.

»Mir ist da eingefallen, daß die Vuls sich wahrscheinlich nicht die Mühe machten, etwas von der Erde zu bergen. Die Produktion lief damals auf vollen Touren. Bei der Zerstörung blieb einfach alles tot liegen.« Tot im wahrsten Sinn des Wortes, dachte er. »Es hätte eine Menge Sachen gegeben, die für die Vul nützlich gewesen wären; aber es wäre ein zeitraubendes Projekt gewesen, zu Bergungsarbeiten auf die Erde zu reisen. Sie hätten in Raumanzügen arbeiten und alles vorher entseuchen müssen.«

Bart richtete sich auf. »Du glaubst doch etwa nicht, daß sich an der Verseuchung in den acht Jahren auch nur das Geringste geändert hat?«

»Bis zu einem gewissen Grad doch, wenn auch längst nicht genug. Wenn wir in Schichten arbeiten, könnten wir etliche Ladungen verschiffen. Den schlimmsten Dreck hat der Regen inzwischen aus der Atmosphäre gewaschen. Und Waffen, die in Schuppen und Fabriken lagerten, wurden sowieso nicht stark verseucht. Wieder im Weltraum, könnten wir die Sachen — einschließlich der Männer in den Raumanzügen — entseuchen.« Er beobachtete Barts Gesicht. »Wir könnten vielleicht hundert Raketenwerfer, fünfzig Laserstrahler und fünfzig schwere Grav-Sprengraketen . . .«

Bart beugte sich in seinem Stuhl nach vorn. »Ich könnte mir vorstellen, daß die Laser sofort hinüber waren.«

»Vielleicht, aber das könnten wir feststellen. Wenn wir alles an einen Ort transportieren, der keine Atmosphäre hat, die Sachen etliche Male mit borhaltigem Wasser besprühen oder etwas . . .«

Bart grinste. »Und worin wollen wir es transportieren? Du redest von einer großen Ladung und einer Menge Radioaktivität.«

»Stimmt — aber wir haben auch ein großes Schiff. Wir könnten notfalls auf dreihundert Meter Schiffslänge verzichten.« Er lachte über Barts Gesichtsausdruck. »Ich meine nicht, daß wir sie einfach abhacken — an diesem Rumpf würde ich nur höchst ungern herumschnippeln —, ich meine, wir verstauen das Zeug in dem einen Ende, unterbrechen die Luftzirkulation und arbeiten in dieser Lagerhalle nur in Schutzanzügen. Später können wir diesen Teil vielleicht wieder säubern, und wenn nicht, dann eben nicht. Wir sind nicht einmal genug, um ein Tausendstel dieses Schiffes auszufüllen.«

Bart sprang auf die Beine. »Verdamm mich! Wir sollten's

versuchen. Und ich wette, es gibt inzwischen eine Menge beschleunigter Entseuchungsverfahren, von denen wir noch nichts gehört haben.«

»Ich habe fest vor, dem Omniarchen alles zu entlocken, was er und seine Chelki-Techniker auf diesem Gebiet erreicht haben.

Aber selbst schlimmstenfalls, wenn also so ein Raketenwerfer eine zu große Strahlendosis abgeben sollte, so können wir das Ding, wenn es erst einmal montiert ist, völlig sich selbst überlassen und einen großen Bogen darum schlagen. Platz genug haben wir doch.«

»Das können wir sicher«, stimmte Bart abwesend zu. Er war bereits ganz bei der Sache und machte Pläne. »Wieviel Leute wollen wir mitnehmen?«

»Auf alle Fälle mehr als wir Anzüge haben«, antwortete John. »Es wird eine Menge Arbeit geben. Ich hatte eigentlich gedacht, daß wir bis auf eine Notbesatzung für die *Luna* und zwei oder drei der kleineren Schiffe alle Leute mitnehmen. Die allgemeine Stimmung ist in der letzten Zeit sowieso nicht die beste. Ein Blick auf die Erde könnte da nicht schaden. Die meisten sahen sie nicht mehr, seitdem sie . . .«

Nach einer Weile nickte Bart. »Ich glaube, du hast recht. Ich für meine Person könnte dieser Chance nicht widerstehen. Vielleicht ist es so etwas wie Grabschändung, aber . . . Jedenfalls will ich sehen, wie die alte Erde aussieht, nachdem sie nun seit acht Jahren tot ist.«

10

Das große alte Schiff war seit fast vier Stunden in Null gereist — beinahe lang genug für die Reise zu Sol. Rastlos schritt John im Kontrollraum auf und ab.

Wenn kein unmittelbarer Anlaß vorlag, dürfte es eigentlich keinen vernünftigen Grund geben, weshalb die Vulmoti acht Jahre nach der Zerstörung der Erde Wachtposten im Sol-

System unterhalten sollten. Gewiß, sie könnten Bodenschätze abbauen, aber warum sollte sich ein so reiches und mächtiges Imperium solche Umstände machen? Alles, was auf, in oder rund um die Planeten von Sol vorkam, gab es auf Tausenden anderer, nicht radioaktiv-verseuchter Planeten auch. Und was die Arsenale fertiger und halbfertiger Waffen auf der Erde betraf, wären sie für die Vuls aus demselben Grund uninteressant. Es wäre wesentlich einfacher für sie, neue Waffen zu bauen.

Trotzdem war John nervös. Unter Umständen hatte er den Vulmoti Anlaß gegeben, an die Erde zu denken. Wenn sie scharfsinniger- oder zufälligerweise daraufkamen, daß hinter den Störangriffen auf die Außenposten des Bizh-Reiches Menschen steckten, gingen ihre Gedanken vielleicht in dieselbe Richtung wie seine eigenen.

Er blickte auf die Uhr. Noch eine knappe Viertelstunde bis zum geplanten Break-out — nicht weiter von der Sonne entfernt als Pluto, aber, um Planetoiden zu vermeiden, in reichlichem Abstand zur Ekliptik.

Hatten die Vuls Wachstationen innerhalb des solaren Systems, so befanden sich diese bestimmt auf einem Planeten oder Planetoiden, gut getarnt und abgeschirmt gegen Massedetektoren. Und sie wären bereits für Null aufgeladen im Gegensatz zu dem eben ausbrechenden großen Schiff. Er und Bart hatten zwar festgestellt, daß dieses Schiff schneller wiederaufladen konnte als kleinere Schiffe (in drei Minuten und zwanzig Sekunden anstelle von vier Minuten), aber das war bei einer Weltraumschlacht immer noch eine sehr lange Zeit.

Er konnte sich nicht darauf verlassen, daß der große Schiffsrumpf aus unbekanntem Metall den Waffen von Zerstörern oder schweren Kreuzern standhalten würde.

Er trat an die Massedetektor-Kugel neben der großen Konsole. Bart gesellte sich zu ihm. »Ich wünschte, wir hätten dieses Ding besser geeicht«, sagte Bart. »Wenn wir von Null ausbrechen, wird es voller Lichtzeichen sein — Sol und die Planeten —, aber ich weiß nicht, ob auch die Planetoide und die

Satelliten erscheinen werden. Und wenn wir zufällig rasch verschwinden müßten, hätte ich gern gewußt, wo wir uns genau befinden.«

John nickte. Sämtliche Lichtzeichen sollten zwölf bis fünfzehn Zentimeter unterhalb des Kugelmittelpunkts liegen, der natürlich die Position des Schiffes darstellte. Sol würde sich als ein kräftiger grünblauer Punkt zeigen, aber das übrige Sonnensystem könnte sich verändert haben. Seine Karten waren mehr als acht Jahre alt. Wieder begann er mit seiner Wanderung im Kontrollraum.

Und plötzlich kam ihm eine Idee. Er blieb stehen und starrte auf das Armaturenbrett, das auf die Sprungfedern montiert war. Die Schrift auf dem Gerät sagte etwas über Null aus . . .

Er schritt auf das Gerät zu und betätigte den Schalter unter der dunklen, halbdurchsichtigen Scheibe. Sofort erschien die optische Illusion einer Kugel — übersät mit bunten Lichtzeichen!

Einige Sekunden war er sprachlos. »Bart! Komm her!«

Bart Lange eilte zu ihm und blieb wie angewurzelt stehen. »Aber, was zum Teufel! Wir sind doch in Null!«

John grinste jetzt, aber er zitterte vor Erregung. »Wir sind in Null. Und dieses Ding da sieht im Null-Bereich! Sieh mal — das muß unsere Sonne sein, und das sind die Planeten. Grün! Komisch, was? Grün für Planeten? Blau-grün für den Fixstern. Und, Bart, siehst du diese bernsteinfarbenen Punkte? Sie liegen alle im gleichen Abstand zu einem grünen Punkt! Fünf oder sechs Millimeter.« Er starrte auf diese eigentümliche Anordnung. »Einige dieser grünen Punkte sind wahrscheinlich Planetoide. Vermutlich macht der Apparat hier keinen Unterschied.«

Plötzlich sah er Bart an. »Weißt du, wofür ich diese gelben Punkte halte?«

»Ich glaube, ich weiß es«, antwortete Bart langsam. »Es sind Schiffe. Ein Kampfverband von dreißig oder mehr Schiffen, die sich alle auf einem Planeten oder großen Asteroid befinden. Aber nun frag' mich ja nicht, ob ich weiß, wie dieses Klee-Schiff eine feindliche Flotte ausmachen kann — auf diese Entfernung und aus dem Null-Bereich heraus!« Plötzlich lächelte er. »Und ich wette mit dir, daß dieses Gerät noch einige andere Tricks in der Kiste hat.« Er beugte sich vor, suchte sich einen Knopf und drehte langsam daran. Die Anordnung der Punkte in der illusionären Kugel schrumpfte nach innen auf den Kugelmittelpunkt zu, ohne daß sich die Positionsverhältnisse verschoben. Der Knopf schlug an. »Das ist die Einstellung für extreme Weite«, sagte Bart und drehte den Knopf in die andere Richtung. Der Knopf drehte sich von selber weiter — im Uhrzeigersinn —, bis sich das Punktemuster bis zum Rand der Kugel auseinandergezogen hatte. »Da ist Pluto, dort Uranus, und da Neptun!«

Der Knopf erreichte die andere Seite seines Anschlags. Inzwischen war das ganze Sonnensystem verschwunden — die Entfernung war optisch zu sehr verkürzt worden. Bart deutete auf einen kleinen weißen Punkt. »Was wird das wohl sein? Ein Felsbrocken?«

John zuckte die Achseln. »Ich würde sagen, ein Komet — gefrorene Gase oder Eis.«

»Ja.« Bart zog eine Grimasse. »Weißt du, daß das kein Zuckerschlecken wird? Wir werden jeden Krümel Weltraummüll sehen in einem Umkreis von einhundert Lichtjahren. Kein sehr angenehmes Gefühl zu wissen, wieviel Abfall uns beim Ausbrechen aus Null im Weg sein kann.«

»Auf der anderen Seite ist es aber doch so«, entgegnete John, »daß wir es mit diesem Apparat vermeiden können, innerhalb einer Masse auszubrechen. Wir können uns damit die kleinen Nullsprünge schenken.«

»Ich glaube fast, du hast recht. Übrigens — wollen wir so nah an die Erde herangehen wie beabsichtigt?«

»Nein«, antwortete John. »Wir halten uns außerhalb des Massedetektorbereichs, was mit diesem Riesenbaby eine ziemliche Entfernung sein wird. Dann werden wir die Position der Erde sehr genau feststellen und über Null praktisch in die Atmosphäre springen. Es sei denn, wir finden einen gelben Punkt in der Nähe der Erde.«

»Ich konnte dort keinen feststellen«, sagte Bart. »Die gelben Punkte lagen mehr in den Randgebieten des Sonnensystems. Sie könnten sich natürlich bewegen, aber ich möchte wetten, daß sie das nicht tun. Mir sieht das mehr nach einer Falle aus.«

John nickte. »Und wir können immer noch hineingeraten. Ich nehme an, sie schicken immer mal wieder Patrouillen zur Erde, für den Fall, daß sich jemand an ihnen vorbeigeschlichen hat.« Er wandte sich um, ging zu seinem Platz und schaltete die Bordsprechanlage ein. »Alle Mann bereithalten für Break-out. Und übrigens — Gefechtsposten an Bord aller Aufklärer! Es sieht so aus, als hätte das Solar-System außer uns noch andere Besucher. Wir versuchen, ihnen aus dem Weg zu gehen, aber sollten sie uns zufälligerweise doch entdecken und neugierig angerannt kommen, um ein unmöglich großes Schiff zu bestaunen, spucken wir euch wie ein paar wild gewordene Hornissen aus. In diesem Fall schlagt ihr hart zu, bis ihr in Null verschwinden könnt. Ich werde jetzt sofort Gefechtspläne und ein Null-Rendezvous programmieren.«

Das große Schiff hing über einem Teil der Erde, der früher einmal Ost-Sumatra gewesen war. An allen Ecken und Enden des Schiffes umlagerten die Männer die Bildschirme. John, der im Gegensatz zu den meisten anderen die Erde kurz nach ihrer Zerstörung gesehen hatte, war ebenso erschüttert wie seine Mannschaft.

Irgendwie hatte er erwartet, daß die Erde inzwischen einem kahlen Planeten glich: sonnendurchglühte Felsen, brauner, vom Regen ausgewaschener Boden. Als er das letzte Mal hiergewesen war, hatte noch braunes Laub an den Bäumen gehangen, und er hatte erwartet, daß es inzwischen abgefallen wäre.

Die meisten Bäume standen noch. Etliche Meilen seitlich

des Schiffes markierte eine dunkle Zone den Durchzug eines Waldbrandes; die verkohlten Baumstümpfe ragten anklagend in den Himmel. Und selbst dort trugen manche Bäume noch Laub. Es waren kaum Spuren von Verfall zu erkennen. Verfall wäre eine Form von Leben gewesen, aber als die Radioaktivität durch Rinde und Kernholz gedrungen war, hatte sie auch hier alles Leben getötet.

Die hölzernen Gebäude wirkten fast noch gespenstischer. War es nicht Blasphemie, daß verwitterte Bretter in diesem feuchten Klima nicht schwammig wurden und verrotteten, von Termiten überfallen oder von Ratten zernagt wurden? Daß unter einer Dachrinne noch ein Vogelnest mit Eiern hing, die darauf warteten, von einer gefiederten Brust bebrütet zu werden?

Überall sah man ausgedörrte Tierkadaver und Leichen von Männern, Frauen und Kindern. Aus der Bordsprechanlage drangen Stöhnen und abgerissene oder unterdrückte Entsetzensschreie der Mannschaft, die bis jetzt wie erstarrt geschwiegen hatte.

Im Westen tauchten Berge auf, die höchsten Gipfel bestanden aus nacktem Fels. Zwischen den Gebirgsausläufern schimmerte ein See, und John konnte sich beinahe nicht vorstellen, daß so etwas wie ein See nichts Lebendiges mehr bergen sollte. Und was war mit der Meeresküste, die vor dem Schiff lag? Die Wellen brachen sich am Strand und rollten wieder zurück, als wäre nichts geschehen.

Er stellte einen Schalter an. »Doktor?«

»Ja, Sir.«

»Wann haben Sie Ihren Bericht über die Beschaffenheit der Atmosphäre fertig?«

»In ungefähr einer Stunde, Kommodore. Aber ich kann Ihnen bereits jetzt sagen, daß immer noch genug Strontium 90 vorhanden ist, um jedes Leben sofort zu zerstören. Außerdem Spuren von Kobalt 60 — ist das nicht erstaunlich? Normalerweise ist Kobalt kein Metall, das sich in so kleine Teilchen aufspalten läßt, so daß diese sehr lange in der Atmosphäre bleiben. Wahrscheinlich hat der Wind irgendwo soviel davon aufgewirbelt, daß wir es feststellen konnten.«

John runzelte die Stirn. »Kobalt 60? Wie stellen Sie sich das denn vor?«

»Vielleicht schlug eine Rakete in ein Lagerhaus ein, in dem einfaches Kobalt lagerte. Das würde schon genügen«, brummte der Physiker.

»Anzunehmen.« John überlegte einen Augenblick. »Was meinen Sie, ist die Radioaktivität im Boden, den Gebäuden und überhaupt in allen Gegenständen noch so stark, daß sie Raumanzüge durchdringen würde?«

»Ich fürchte, ja. Vor allem, wenn man sehr lange unten bliebe und viele Dinge berührte. Vielleicht sollte man in einem solchen Fall besondere Handschuhe tragen, die eine extra stark absorbierende Schutzeinlage haben.«

»Haben wir«, sagte John. »Wie steht es mit der Bewegung im Freien? Würde zu viel Strahlung durch den Anzug dringen?«

»Ich glaube nicht, außer man ginge im Regen spazieren. Ich kann hierüber aber unmöglich Genaues sagen.«

John seufzte. »Also gut und vielen Dank.« Langsam erhob er sich von seinem Platz und ging zu Bart Lange hinüber. »Ich denke, wir sollten es zuerst auf dem Balkan versuchen. Vor der Zerstörung wurde dort intensiv produziert. Und das Wetter ist dort um diese Jahreszeit trocken.« Er sah Bart einen Augenblick an. »Du übernimmst das Kommando an Bord.«

Lange starrte ihn finster an. »Du willst doch nicht selbst hinuntergehen? Das ist lächerlich! Wir können dich nicht entbehren!«

»Verdammt, Bart! Wie soll die Mannschaft denn Respekt vor mir haben, wenn ich an Bord bleibe und die Leute hinunterschicke! Aber hab keine Angst. Wir werden alle mit einem Geigerzähler ausgerüstet sein, und wenn irgendeiner von uns zuviel Strahlung aufschnappt, kommen wir sofort an Bord zurück.«

»Und was ist, wenn die Vuls auftauchen? Soll ich dann verduften und euch unten lassen?«

»Genau das. Bart, versteh doch. Wir müssen das Spiel des Omniarchen mitspielen, und das ist letzten Endes gar nicht so übel. Wenn wir hier Verluste haben, wird er gezwungen sein, den Rest von euch wie seinen Augapfel zu hüten. Mit anderen Worten, ob es nun seinem verdammten Plan nützt oder nicht, er müßte euch als unersetzliches Zuchtmaterial betrachten. Aus diesem Grund bin ich hier so entbehrlich wie irgendeiner. Die Achtung der Männer aber ist nicht entbehrlich, wenn wir als Gruppe weiterbestehen wollen. Außerdem muß ich mit hinunter, um zu entscheiden, was wir mitnehmen und wie der Transport vonstatten gehen soll. Und du bist der einzige, dem ich dieses Schiff anvertrauen kann.«

Nach einer Minute mürrischen Schweigens willigte Lange schließlich ein. »Also bitte, du bist der Kommodore. Hast du dir schon überlegt, womit du deine Kräne und sonstigen Geräte arbeiten läßt?«

»Als erstes werden wir uns nach betriebsfähigen Energiequellen umsehen. Wenn wir nichts finden, müssen wir vom Schiff Leitungen herablegen. Das ginge sicher, ohne daß Radioaktivität an Bord gelangt.«

»Bestimmt. Wie lange soll die erste Schicht dauern?«

»Zehn Stunden einschließlich der Vorbereitungszeit, also bis wir in den Anzügen stecken, und der Entstrahlung hinterher. Zur ersten Schicht werde ich mit zwanzig Mann hinuntergehen; mit der zweiten Schicht kann dann eine größere Mannschaft kommen, wenn alles gut geht. Es wird für uns alle, ob an Bord oder unten, eine sehr hektische Zeit werden. Außerdem bin ich davon überzeugt, daß wir längst noch nicht alle Probleme und Schwierigkeiten eingeplant haben.«

Bart seufzte. »Weiß Gott! Wann gehst du mit der ersten Schicht?«

»Sobald wir uns die Fabriken ausgesucht und von oben angesehen haben.«

Obwohl die Anzüge nur aus den leichtesten Materialien gearbeitet waren — Kunststoffe und Magnesium-Aluminium-Folien —, um ihr Gewicht möglichst gering zu halten, waren sie doch vorwiegend für den Aufenthalt im schwerelosen Raum gedacht und nicht für den Besuch auf einem Planeten. Man konnte sich deshalb in ihnen nur äußerst langsam und mühselig bewegen. Ein Erkundungsgang, der normalerweise nur eine halbe Stunde gedauert hätte, beanspruchte in den Anzügen zwei Stunden.

John beherrschte sich sehr, um nicht ständig auf das Strahlenmeßgerät zu sehen, das in den linken Ärmel seines Raumanzugs eingebaut war. Aber er war schrecklich nervös. Er schwitzte so stark, daß der Anzug bei der Regulierung der Feuchtigkeit kaum noch nachkam.

Aber die Luft war, wenn man von einem kurzen Aufenthalt ausging, nicht stark radioaktiv, und alle Männer vermieden die Berührung fester Gegenstände, bevor diese mit dem Geigerzähler geprüft worden waren.

Mit ihrer Arbeit kamen sie besser voran als sie erwartet hatten. Während der siebten und achten Stunde gelang es ihnen, siebzehn fertige Raketenwerfer an Bord des Schiffes zu befördern, das nur wenige Zentimeter über einem asphaltierten Hof schwebte. An dem einen Schiffsende standen etliche Luken offen, und Kabel liefen vom Schiff zu den Arbeitsplätzen der Männer.

Ein Raketenwerfer der Standardausführung war ziemlich groß — achtzehn Meter lang, drei Meter im Durchmesser — und wog über fünf Tonnen, aber er war nach einem recht einfachen Prinzip konstruiert. Er funktionierte mit einer Art Grav-Antrieb. Am unteren Ende befanden sich fest montierte Abschirmplatten, die das Gewicht eines Geschosses tragen konnten, und in Metalloplast gebettete Magnetspulen, denen nicht einmal ein Maschinengewehrbeschuß Schaden hätte zufügen können. Im Rohrinnern waren weitere achtundvierzig kleine Platten angebracht, die, von einem überraschend einfachen automatischen Computer gesteuert, ihre Abschirmung je nach der gegebenen Schwerkraft beziehungsweise des Trägheitsmoments des Raketenwerfers ausgleichen konnten. Das Geschoß stellte sich exakt auf die Linie der Rohrlängsachse ein.

Das Phantastische an diesem Standardwerfer bestand darin, daß man ihn für jede Art von Geschoß verwenden konnte. Selbstverständlich war er mit elektrischen Anschlußmöglichkeiten versehen, so daß die Bordwaffencomputer die Raketen mit dem jeweils erforderlichen Programm füttern konnten. Auch einfache Torpedos ohne eigenen Antrieb konnten mit diesem Werfer abgefeuert werden, wenn eine Abschußgeschwindigkeit von tausend Metern pro Sekunde genügte. Man konnte sogar eine Kanonenkugel abfeuern, oder ein sehr kleines Schiff oder einen Rettungsbehälter in den Weltraum schießen.

Über die Praxis, nur in einem Raumanzug von einem Schiff zum anderen geschossen zu werden — ein beliebter Kadettenjux —, runzelte man allgemein die Stirn. Aber zweifellos war der Werfer ein sehr vielseitig verwendbares Gerät.

Die Installation dieser auf der Erde gebauten Werfer im Schiff erforderte unendlich viel Arbeit. Die Rahmen paßten nicht. Die Gewinde von Bolzen und Schrauben mußten anders geschnitten werden, elektrische Anschlüsse versetzt, aber all dies bereitete außer der vielen und schweren Arbeit keinerlei Schwierigkeiten.

John dachte noch immer über die Frage der Waffenpforten nach. Wenn sich die Lukendeckel öffneten, entstand ein Einlaß mit einem Durchmesser von dreiundzwanzig Metern. Was er sich wünschte, waren Pforten mit einem Durchmesser von sechs Metern. Aber auch das war lediglich ein weiteres Detail. Vorerst war er glücklich, weil er siebzehn Werfer an Bord hatte.

Ihre neunte Arbeitsstunde hatte kaum begonnen, da meldeten sich Schwierigkeiten an.

John befand sich mit etlichen Männern im Lagerhaus, wo

sie noch mehr Raketenwerfer aussuchten, an die der fahrbare Derrickkran leicht herankommen konnte, als das Telefon in seinem Raumanzug summte. »Hier Braysen«, meldete er sich, nichts Gutes ahnend.

»John.« Bart Langes Stimme klang grimmig. »Vul-Schiffe nehmen Kurs auf die Erde!«

Johns Zwerchfell spannte sich. »Hast du sie schon auf dem Massedetektor?«

»Nein. Wir spielten hier ein bißchen mit den Instrumenten herum. Du kennst doch die Meßinstrumente auf dem elastisch montierten Armaturenbrett? Nun, wir entdeckten eine identische Kombination auf der Hauptkonsole, mit der wir bisher nichts anzufangen wußten. Wir haben da vier Schalter, die, wenn sie alle vier eingeschaltet sind, dasselbe Ortungssystem auf diese Instrumente bringen wie im Null-System! Die reguläre Massedetektor-Kugel wird simultan geschaltet, so daß man die gelben Lichtzeichen und alles sehen kann. Vier Schiffe nähern sich; sie kommen von einem weit draußen liegenden Planeten oder Planetoiden. Da wir uns auf der beleuchteten Seite der Erde befinden, sind wir noch vor ihnen versteckt, aber nicht mehr sehr lange, wenn sie herumkommen — und selbst dann nicht, wenn sie außerhalb der Erdumlaufbahn bleiben, denn du hast von ziemlich großartiger Beleuchtung für die zweite Schicht gesprochen.«

Johns Puls hämmerte, und plötzlich fühlte er sich schrecklich durstig. Er schluckte, ohne die Trockenheit in seinem Mund loszuwerden. »Beleuchtung müssen wir streichen. Und hör zu — mach' die Kabel ab, schließ die Luken und heb dich hinweg!«

»Du willst doch nicht etwa unten bleiben?« fragte Bart schockiert.

Schlagartig wurde John zornig. »Verdammt nochmal, Bart! Wir stecken mitten in den Vorbereitungen für die zweite Schicht. Wenn wir jetzt an Bord kommen, muß nachher jemand wieder von vorn anfangen — und ich wäre nicht dabei, um Entscheidungen zu treffen. Wir kommen mit unseren Ernährungstabletten und dem Wasservorrat sehr gut aus. Bis jetzt weiß niemand, was diese Vul-Schiffe vorhaben. Sie könnten irgendwo landen, um eine Untersuchung vorzunehmen, oder sie gehen nur in Umlaufbahn, um zu fotografieren und Messungen auszuführen und verschwinden dann wieder. Aber du kannst nicht bleiben, wo du bist. Geh hinauf in dünnere Atmosphäre und mach dich bereit, um in Null zu gehen.«

»John, bist du verrückt! Wir sollen in Null gehen und euch hierlassen, wenn wir euch ebensogut mitnehmen können?!«

»Du kannst sie doch von dort draußen beobachten, und wenn es zum Schlimmsten kommt, dann kommst du eben an genau dieser Stelle aus Null wieder zurück. Nun mach schon. Du verschwendest nur Zeit!«

»Wie du willst, großer Held!« Auch Bart war jetzt wütend. »Wie lange wünschst du, daß wir fortbleiben?«

John zögerte. Eigentlich müßten sie noch zehn Stunden in ihren Anzügen aushalten können. Die Radioaktivität erwies sich als nicht so intensiv wie erwartet ... »Bis zu zehn Stunden. Es kommt darauf an, was die Vuls tun. Wenn du herunterkommen mußt, denk dran, daß du sie angreifen kannst, bevor sie überhaupt wissen, was passiert. Und jetzt hau ab!«

Bart antwortete nicht, aber bereits Sekunden später lösten sich die Kabel vom Schiff, die Luken schlossen sich, und das Schiff stieg auf. John stand im Tor eines Lagerhauses und schaute ihm nun doch mit sehr gemischten Gefühlen nach. Vielleicht hatte Bart recht gehabt ...

Nach ungefähr zehn Minuten erzitterte alles unter einem krachenden Donnern, der Implosion, mit der das Schiff aus der oberen Atmosphäre verschwand. John drehte sich um und blickte ins Halbdunkel des Lagerhauses. Die ganze Gruppe hatte seinen Wortwechsel mit Bart Lange gehört. Nun standen sie da und starrten ihn wortlos an. Ihre Augen konnte er unter den Helmen nicht sehen. Schuldgefühl und Zweifel bohrten sich noch tiefer in ihn hinein. »Also los«, knurrte er. »Wir wollen noch etwas tun, solange es hell ist.«

Eine Minute lang schwiegen alle; zwei oder drei kehrten zu

der Stelle, an der sie eben noch gearbeitet hatten, zurück. Dann fragte Fred Coulter: »Woher nehmen wir jetzt den Strom?«

John ging auf das Tor zu. »Sucht euch welchen. Ich verstecke erst einmal die Kabel. Und du, Fred, sieh zu, daß die Akkus, die wir vorhin dort drüben sahen, herkommen. Der Kran arbeitet auch mit Gleichstrom, und wenn wir genug hintereinanderschalten, bekommen wir schon die nötige Spannung.«

Von nun ab sprach keiner mehr, aber ihr Schweigen sagte alles.

John fühlte sich leicht schwindlig. In seinem Anzug war alles feucht, und seit dreizehn Stunden hatte er keine feste Nahrung mehr zu sich genommen. Außerdem plagte ihn wieder das Durstgefühl, das er nur allzu gut kannte.

Er stand auf und wanderte ruhelos auf und ab. Ob es den anderen ebenso miserabel ging wie ihm? Einer von ihnen hatte vor einer Weile still vor sich hin geschluchzt. Allein das Gefühl, in einer Falle zu sitzen, war zum wahnsinnig werden, dazu kam noch die körperliche Erschöpfung.

Inzwischen war die Sonne untergegangen. Im Lagerhaus war es fast völlig dunkel. Niemand arbeitete mehr. Was sie sich vorgenommen hatten, war geschafft, und mehr zu planen wagte John im Augenblick nicht. Die meisten Männer saßen, manche lagen ausgestreckt auf dem Boden.

John ging auf unsicheren Beinen zum Tor und sah sich nach der Wache um, die er draußen postiert hatte. »Cameron?« Seine Stimme klang rauh. »Cameron, wo sind Sie?« Dann sah er die Gestalt im Raumanzug im Schatten einer Wand ungefähr fünfzig Meter von ihm entfernt. »Hat seinen Empfänger nicht eingestellt«, brummelte John verärgert. Doch dann drang Camerons Stimme in Johns Ohr. »Kommodore. Sie haben gerufen?«

»Haben Sie etwas gesehen?«

Cameron kam auf ihn zu. Er schien sich recht gut zu halten. »Vor einigen Minuten kamen sie irgendwo im Süden vorbei, oder war's schon vor einigen Stunden? Jedenfalls habe ich ihre Schiffe im Sonnenlicht kurz aufblitzen gesehen. Und hören konnte ich sie auch durch die äußeren Ohren des Anzugs. Also müssen sie in der Atmosphäre gewesen sein.«

John seufzte — selbst das war eine Anstrengung. Die Vuls schienen sehr scharf nachgedacht zu haben, sonst hätten sie keinen Kampfverband ins Solar-System geschickt. »Ich glaube, wir brauchen keine Wache mehr, Jim. Wenn Sie sich irgendwo schlafen legen wollen ...«

Camerons Gesicht war in dem Zwielicht und hinter dem beschlagenen Helm kaum zu sehen. »Ich wollte eigentlich hierbleiben, Kommodore, für den Fall ...«

»Für den Fall«, fuhr John fort, »daß Bart Lange früher zurückkommt. Ich hatte auch vor, draußen zu bleiben. Sie werden uns bei diesem Licht weder sehen noch fotografieren können. Setzen wir uns hier gegen die Wand des Lagerhauses.«

Sie sprachen nicht viel. Hin und wieder ging John, um nach seinen Männern zu sehen. Niemand beklagte sich, aber sie litten alle.

Er saß wieder neben Cameron und starrte auf die Uhr im linken Ärmel des Anzugs, konnte aber die Leuchtziffern nicht erkennen. Er fürchtete, daß sie noch mindestens fünf Stunden warten mußten. Und dann müßte sich Bart vielleicht seinen Weg zu ihnen freischießen, und bei einem Kampf dicht über einem Fleckchen Erde — diesmal im wahrsten Sinn des Wortes — konnte manches passieren ... Aber im Augenblick war John selbst das gleichgültig. Eine Bombe oder ein Energiestrahl wäre eine Erlösung gewesen.

Entweder überlebst du oder du stirbst. Deine Schuld, daß du in dieser Klemme sitzt. Hör auf, so viel Wasser zu trinken. Denk an deine Blase. Du bleibst ja doch durstig. Du bekommst hier kein Dron —

Er schlief, als Bart Langes Stimme plötzlich an sein Ohr drang. Nur langsam kam er zu sich; er verstand Barts Worte kaum. »Bart . . .«

»Sie sind fort, John. Wahrscheinlich sind sie der Meinung, daß hier kein Leben mehr existiert.«

John kicherte. »Ich frage mich, wie recht sie hatten.«

Er hörte die Stimmen der anderen Männer, die auch eben erwachten; sie klangen verwundert, verärgert, manche lachten hysterisch. Irgendwie kam er auf die Beine, sammelte mit Hilfe einiger ausgeruhter Männer aus dem Schiff sein Fähnlein und brachte alle Mann an Bord.

11

Arbeit, nichts als Arbeit!

Immer noch schwach und schlafsüchtig von der Strahlung, der er auf der toten Erde ausgesetzt gewesen war, mußte er sich nach jeder der rationierten Schlafpausen zum Aufstehen zwingen. Er rasierte sich nur, wenn ihn sein Bart ausgesprochen störte (zum Beispiel im Helm). Er verbrachte viel Zeit im radioaktiven Teil des Schiffes, wo er den Entstrahlungsprozeß leitete und über die Installation der Waffen beriet.

Die Entstrahlung war ein langwieriges Geschäft; aber sie kamen gut voran. Viele tausend Liter Wasser ergossen sich in den Weltraum. Wer in den nächsten paar Jahrhunderten hier vorbeikam, mochte sich wundern über die starke Radioaktivität, da sich in dieser Gegend kaum ein Felsbrocken auf den Massedetektoren zeigte. Natürlich war die Chance sehr gering, daß genau an diesem Zunkt wieder jemand aus Null auftauchte.

Nachdem die einzelnen Teile bis zu einem erträglichen Maß gesäubert waren, verließen sie das Schiff wieder und wurden entlang des gewaltigen Schiffsrumpfes zu einem der Waffenschächte in der Nähe des gegenüberliegenden Endes gebracht. Für den Transport der schweren Teile standen den Männern kleine tragbare Grav-Aggregate zur Verfügung, doch den größten Teil der Arbeit mußten sie mit ihrer Muskelkraft leisten. Wenn wir mit dieser Schufterei fertig sind, dachte John verbittert, sind bestimmt sämtliche Bizepse um drei Zentimeter dicker.

Dazu kam die fast zu komplizierte Aufgabe, die Waffen an die Kontrollgeräte anzuschließen, da ihre Computer nur auf irdische Faktoren eingestellt waren, die Feuerleitzentrale in manchen Fällen bis zu zweihundert Metern von den Waffenschächten entfernt lagen, und sämtliche Stromzufuhren des Schiffes an die Waffen von Gleichstrom auf Wechselstrom umgestellt werden mußten; dieser Wechselstrom lief durch die Frequenzvervielfältiger, die ein wesentlicher Bestandteil der Waffen selbst waren.

Und erst das langwierige Testen! Fred Coulter meinte, die Testraketen fänden inzwischen wie der Gaul eines Milchmanns auch den Weg nach Hause.

Aber allmählich stieg auch die Zahl der gefechtsklaren Waffen. Und sie erreichten den Punkt, an dem das Schiff gleichzeitig eine Salve von drei Dutzend schweren Raketen, dreißig Energiestrahler und achtundzwanzig in verschiedene Richtungen agierende Grav-Sprengraketen einsetzen konnte.

Natürlich konnten nicht alle Laser oder Grav-Raketen auf ein einziges Ziel gerichtet werden, da sie an verschiedenen Seiten des Schiffes angebracht waren. Achtern war das Schiff so gut wie gar nicht bewaffnet. Die Bezeichnung »achtern« hatte sich stillschweigend für das Ende des Schiffes eingebürgert, in dem die Radioaktivität noch nachwirkte. Bei einem Angriff auf diesen Schiffsteil könnten sie zur Verteidigung nur ferngelenkte Raketen oder die kleine Schar der bewaffneten Aufklärer einsetzen.

Es war nicht nötig gewesen, Geschützpforten in die großen Luken zu schneiden. John hatte eine bessere Idee gehabt. Aus dem Vorrat der Metallplatten hatten sie hinter den Luken behelfsmäßige Schutzblenden errichtet, die den größten Teil der großen Öffnung abdeckten.

Mit der Energieversorgung gab es keine Probleme. Fred Coulter, der aufgrund seiner großartigen Leistungen mit der

Leitung der technischen Einrichtungen des Schiffes betraut worden war, machte sich jedoch Sorgen über den Energievorrat. »Ich möchte bloß wissen, was in diesem versiegelten Schiffskern steckt? Und was passiert, wenn der Energievorrat mitten in einem Gefecht plötzlich alle ist?«

John grinste. »Ich habe das einmal durchkalkuliert, wobei ich annahm, daß ein Zehntel dieses Kernvolumens aus festem Treibstoff besteht — ich dachte an Kupfer, um den Irrtumsspielraum noch zu vergrößern. Wir müßten an die eintausendsiebenhundert Operationen mit allem Drum und Dran durchführen, um einen solchen Energievorrat aufzubrauchen. Und nach den Worten des Omniarchen soll das Schiff in einsatzbereitem Zustand sein. Was mir mehr Kummer macht, ist unser geringer Raketenbestand. Wir hätten uns auf der Erde etwas mehr Zeit lassen sollen, um noch mehr Geschosse zu laden. Wir besitzen zweiundsiebzig schwere Raketen und etwas weniger als zweihundert leichte als zusätzliche Feuerstärke und zur Verteidigung. Ich werde versuchen müssen, Vez Do Han beim nächsten Treffen noch ein paar Raketen abzuluchsen, ohne daß er mißtrauisch wird.«

12

Generalfeldmarschall Bulvenorg blickte aus zusammengekniffenen Augen auf den nervösen Offizier, der im Besucherstuhl auf der anderen Seite des Schreibtisches Platz genommen hatte. Manchmal fiel es angesichts der Unzulänglichkeit der Untergebenen schwer, ruhig zu bleiben. Er verschränkte seine kräftigen Finger und preßte sie fest zusammen; dann öffnete er sie wieder und legte seine Hände flach auf die Schreibtischplatte aus Metalloplast. »Es will mir nicht in den Kopf gehen«, sagte er mit unterdrückter Wut, »daß Sie, nachdem man Sie den ganzen Weg bis zur Erde geschickt hat, um dort Posten zu beziehen, imstande sind, eben diese Sache, derentwegen Sie ausgeschickt wurden, achselzuckend als eine Unregelmäßigkeit der Instrumente abzutun!«

Dem Offizier stieg das Blut ins Gesicht. »Aber, Sir! Was die Instrumente, die wir auf der Erde aufgestellt hatten, anzeigten, ist unmöglich!«

Bulvenorg lächelte zähnefletschend. »Unmöglich? Ich wußte noch gar nicht, daß Sie sowohl Physiktheoretiker, Elektroneningenieur und Theologe in einer Person sind. Aber bitte, erklären Sie mir: Wie und warum unmöglich?«

Der Untergebene hätte offensichtlich gern im gleichen Ton geantwortet. »Ein Schiff, das zweitausendneunhundert *pezras* lang ist? Das in einer Höhe von sechstausend *pezras* über der Planetenoberfläche in Null geht, wo noch so viel Atmosphäre vorhanden ist, um eine Null-Ladung im Nu abzuleiten? Sicherlich, Sir —« Er schluckte und versuchte es noch einmal. »Die Herstellerfirmen der Instrumente gestanden zu, daß die Geräte fehlerhaft auf Radioaktivität, zumal von so hohem Grad, reagieren könnten. Und nachdem dasselbe Instrument *sheg*-Bruchteile später eines meiner Patrouillenschiffe registrierte, so ist es doch ganz klar, daß die scheinbar vorangegangene Aufzeichnung eine Art elektronischer Doppel-Registrierung war, einhergehend mit einem Fehler beim Ablesen der Größen.«

Bulvenorg seufzte tief. »Also hat diese Expedition wenigstens eine Sache eindeutig geklärt: Daß nämlich das Aufstellen von Meßinstrumenten reine Zeitvergeudung ist. Denn wenn ein Vizeadmiral so genau weiß, welche Meßwerte richtig und welche falsch sind — selbst wenn die Instrumente sorgfältig von Experten für ihre Aufgabe und Umgebung ausgewählt wurden —, warum lassen wir dann nicht einfach Vizeadmiräle oder Hausmeistersgehilfen gemütlich zu Hause auf ihrem Sofa sitzend die Meßergebnisse von Instrumenten vorher sagen?«

Der Offizier zitterte vor Zorn. »Sir, ich bitte um eine kompetente Beur . . .«

Bulvenorg zügelte seinen Zorn und beugte sich über den Schreibtisch. »Sie haben sich bereits selbst als Richter eingesetzt, zumindest in Ihrer Einbildung. Aber lassen wir das. Zeichnete das Instrument die folgenden Patrouillenflüge Ihrer Schiffe nicht völlig korrekt auf?«

»Ja, aber —«

»Und lieferte es nicht korrekte Daten hinsichtlich der Größe, Geschwindigkeit und Höhe der Schiffe?«

»Jawohl, Sir. Jedoch —«

»Und hatte es nicht auch tadellos während Ihrer Patrouillen über dem Planeten funktioniert?«

Der Offizier wand sich in seinem Stuhl, als könnte er kaum noch an sich halten.

»Ja oder nein?« fuhr ihn Bulvenorg an.

»Ja, Sir. Sir, wenn Sie mir ein Wort erlauben —«

Bulvenorg breitete die Arme in einer entschuldigenden Geste aus. »Verzeihen Sie, wenn es so aussah, als kämen Sie hier nicht zu Wort. Allerdings versuche ich seit einer Viertel-*sheg*, ein vernünftiges Wort aus Ihnen herauszukriegen!«

Jetzt endlich vergaß der Offizier seine Beherrschung, was Bulvenorg gar nicht unangenehm war, denn im Zorn lag Wahrheit, und manchmal kamen erst so wertvolle Einzelheiten wieder in Erinnerung. »Generalfeldmarschall! Da es keine solchen Schiffe *gibt* und von dieser Größe auch nicht geben *kann*, aus Gründen der Materialstruktur, bin ich nach wie vor davon überzeugt, daß das Instrument fehlerhaft gearbeitet hat.«

»Verstehe. Und Sie behaupten, daß die Radioaktivität daran schuld sei.«

»Jawohl, Sir.«

»Und war die Radioaktivität dort stärker oder von anderer Art als in der Umgebung identischer Instrumente?«

Wieder errötete der Offizier. »Nun ... sie gingen alle an Fallschirmen nieder. Vielleicht ist dieses eine Gerät härter gelandet.«

»Aha. Es landete also so merkwürdig, daß es nur einmal falsch ausschlug, obwohl es vor diesem Fehler und nachher tadellos arbeitete. Admiral, ich fürchte, Sie sind ein Narr!

Warum sind Sie nicht gelandet und brachten das Instrument mit, so daß es getestet werden konnte? Wäre das nun so viel Mehrarbeit gewesen, in Anbetracht dieser aufwendigen Expedition?«

Allmählich wurde der Offizier unsicher. »Ja, Sir. Das hätte ich wohl tun müssen. Wenn wir es mitgebracht oder an Ort und Stelle getestet hätten, um seine Schadhaftigkeit zu beweisen . . .«

Bulvenorg stöhnte. »Admiral, wenn Sie noch einmal derart überzeugt sagen, daß das Instrument defekt war, springe ich aus diesem Stuhl und wickle ihn um Ihren Kopf.«

»Aber Generalfeldmarschall! Ein dreitausend *pezra* langes Schiff —«

»Zweitausendneunhundert, sagten Sie. Nun lassen Sie uns bloß nicht übertreiben. Ich hörte mir das Band, auf dem Sie über die Meßwerte dieses Gerätes berichteten, immer und immer wieder an. Da heißt es ganz klar: Seitlicher Anflug, Schweben in geringer Höhe, rascher Aufstieg und Auflösung in Null, *und spätere Rückkehr* eines gigantischen länglichen Schiffes. Haben Sie sich die Stelle einmal angehört?«

Der Offizier lief blutrot an. »Wieso, Sir? Mein Elektronik-Offizier . . .«

». . . beschrieb es Ihnen anschaulich. Aber Sie sagten, es wäre eine Art ›elektronisches Echo‹. Wie konnten Sie nur wissen, daß dieses spezielle Instrument gestört war?« Einen Augenblick starrte er den Offizier schweigend an. »Ich will gern zugeben, Admiral, daß auch ich ein Schiff dieser Größe ziemlich unglaublich finde. Ich bin hier jedoch mit zwei noch viel unglaublicheren Dingen konfrontiert. Das eine ist, daß ein defektes Instrument völlig präzise Aufzeichnungen erbringen kann, und das andere, daß Sie, ein hoher Offizier aufgrund Ihrer bisherigen Laufbahn — einen solchen Bericht hören und ignorieren konnten.«

Der Admiral erhob sich mit steinernem Gesicht. »Sir, ich gestehe, daß ich mir niemals den vollständigen Bericht angehört habe. Die Schuld liegt allein bei mir und nicht bei meinen Untergebenen. Ich bitte um ein Gerichtsverfahren und stimme im voraus jeder Bestrafung zu, die man mir auferlegt.«

Bulvenorg lächelte. »Diese Entscheidung liegt nicht bei mir. Sie haben einen groben Fehler gemacht, aber die Bewertung Ihrer Person ist nicht meine Aufgabe. Auf jeden Fall gehören Sie ab sofort nicht mehr zur Rundumverteidigung. Bedaure, aber ich kann diese unglaubliche Affäre nicht decken. Ich schlage vor, Sie bieten Ihren sofortigen Rücktritt an. Guten Tag, Admiral, und alles Gute.«

Als der Stümper gegangen war, ließ sich Bulvenorg in seinen Stuhl fallen und regte sich fünfundzwanzig *centishegs* nicht mehr — aber er dachte angestrengt nach. Dann schaltete er die Sprechanlage ein. »Gusten?«

»Ja, Sir?«

»Haben Sie einen Augenblick Zeit — und eine Flasche?«

»Jawohl, Generalfeldmarschall«, drang es nach einer Pause aus dem Lautsprecher.

»Bringen Sie die Flasche mit, wenn Sie wollen. Meine ist fast leer — und ich habe das Gefühl, wir können mehr als nur einen Schluck vertragen.«

Gustens Drink stand unberührt auf Bulvenorgs Schreibtisch. Schließlich stieß er hervor: »Sie haben sich das ganze Band angehört?«

»Ja. Wollen Sie es hören?«

Admiral Gusten schüttelte benommen den Kopf. »Später vielleicht. Wenn Sie davon überzeugt sind . . .«

»Ich wünschte, ich wäre es nicht! Hol's der Teufel. Haben Sie in der letzten Zeit neues auf dem Gebiet besonders harter Metalle gehört?«

»Nein. Und jeder Fortschritt auf diesem Gebiet wäre eine Sensation!«

»Der Meinung bin ich auch. Aber nun wollen wir einmal vergessen, daß wir normale, logisch denkende Wesen sind — sofern wir es überhaupt sind — und annehmen, daß es ein

Schiff dieser Größe geben könnte. Wer baute es?«

Gusten blinzelte kurz. »Die Klee natürlich.« Er nahm sein Glas und leerte es in einem Zug. »Glaubst du, Bulvenorg, daß sich dieser komische Alptraum verwirklicht haben könnte?«

»Ich befürchte es. Nun — können wir den Besuch eines solchen Schiffes auf der Erde — direkt vor der Nase unserer Wachen — mit unserer früheren Spekulation verbinden, daß überlebende Erdenmänner in jene Überfälle auf die Bizh verwickelt sind?«

Gusten seufzte. »Das können wir.«

»Deshalb schlage ich vor, daß wir in dieser Richtung weitergehen. Wir nahmen an, daß die Angreifer das nächste Mal am gegenüberliegenden Ende des Bizh-Reiches auftauchen würden. Also sollten wir die Region zwischen uns und jenem Schauplatz so scharf als möglich überwachen. Und den Bizh lassen wir als Pfand für unsere Unschuld eine Warnung zukommen. Außerdem sollten wir unsere Spionage bei den Bizh und den Hohdan so weit als möglich absichern. Und natürlich müssen wir diese beunruhigende Wendung der Ereignisse sämtlichen Streitkräften und der Regierung mitteilen. Hier steht zuviel auf dem Spiel.«

13

John und Bart Lange brüteten über einer Art Höhenlinienkarte, auf der ein äußerer Teil des Bizh-Reiches eingetragen war.

John deutete mit dem Bleistift auf eine als ein unregelmäßiges Oval eingezeichnete Stelle. »Ein Operationsgebiet. Hier greifen wir zwei oder drei der Bizh-Versorgungsposten an, die sie dort unterhalten, und setzen sie außer Funktion. Wir werden mit dem Sechzigtausendtonner und acht bewaffneten Aufklärern bei einem Abstand von zwanzigtausend Lichtjahren von dieser Stelle in Null gehen und brechen als lose Gruppe im Zehnkilometerbereich des Hauptstützpunktes aus. Wir feuern eine Salve schwerer Fernlenkraketen ab und schicken ihnen eine mittlere Strahlenwand als Tarnung voraus. Dann werden wir alle Hände voll zu tun haben, den Gegenangriff abzuwehren beziehungsweise ihm auszuweichen, und wenn unsere Laser nicht allzusehr bei der Verteidigung beansprucht werden, richten wir sie auf jedes Bodenziel, das sich uns bietet. Sobald wir wieder aufgeladen haben, verschwinden wir schleunigst in Null.«

Lange wirkte gelangweilt. Der einzige Unterschied zu den früheren Überfällen lag darin, daß sie diesmal in größerer Entfernung blieben und keine Ablenkungsmanöver beim Anflug durchführten. »Und was ist mit der dicken Berta und den übrigen Aufklärern?«

»Berta?«

»Na ja, schließlich braucht das Monstrum mal einen Namen. Wie wär's mit Berta?«

John zuckte die Achseln. Berta war für den Funkverkehr nicht ungeeignet. »Du wirst wieder die Rettungsmannschaft spielen. Ich gehe an Bord der *Luna* und du bleibst mit dem Rest der kleineren Schiffe hier und paßt mit deinem Super-Massedetektor auf, daß uns niemand in den Rücken fällt. Wenn du etwas ausmachst, und wir sollten noch nicht für Null bereit sein, springst du herüber und feuerst alles, was du hast, auf sie ab. Sobald wir aufgeladen haben, treffen wir uns hier wieder.«

John blickte auf die Chronometernadel auf dem Armaturenbrett der *Luna*. »Fünfzehn Sekunden bis Break-out«, verkündete er über Sprechfunk. Obwohl diese Durchsage eigentlich völlig überflüssig war, wirkte sie doch als eine Art moralische Unterstützung. Er holte tief Luft und zwang sich zu Ruhe und Konzentration.

Break-out!

Schlagartig blitzten die Bildschirme auf. Auf der Massedetektorkugel schimmerten plötzlich Lichtpunkte. Sie stellten seine eigenen Schiffe dar. Johns Finger glitten über das Schaltbrett. Er nahm eine kleine, aber wesentliche Änderung in der Vorprogrammierung vor. Solenoide knallten, Transformatoren summten und die Bilder auf den Schirmen dehnten sich explosionsartig aus. Plötzlich drang eine Stimme aus dem Sprechfunk: »Sechs. Zentralkontrolle unregelmäßig!«

Verdammt! Irgend etwas funktionierte nicht richtig, und eines der kleineren Schiffe hatte in der Manöverformation keine intakte Koppelung. »Ausscheren!« befahl John. »Nehmen Sie Position in sicherem Abstand hinter mir und steuern Sie selbst.«

Lichtzeichen erschienen auf einem der Schirme — eine Salve von Fla-Raketen. Anhand ihres Anflugs konnte John erkennen, daß der dort kommandierende Offizier die Berichte seiner früheren Angriffe auf der anderen Seite des Bizh-Reiches genau gelesen hatte und annahm, dieser Angriff würde nach demselben Muster ablaufen. Nun, diese Vermutung würde die Bizh eine Salve kosten. Als seine eigenen Raketen die *Luna* verließen, summte und klickte es im Kontrollraum, dann erschienen sie auf den Schirmen.

Damit begann der zweite Teil des Angriffs für ihn, aber die hervorragend abgestimmten Triebwerke und die künstliche Schwerkraft ließen die plötzliche Bremsung und seitliche Schwenkung kaum spürbar werden. John blickte rasch auf einen Bildschirm, um zu prüfen, ob Nummer 6 mit Jim Cameron dem Manöver folgte. Alles in Ordnung. Die kleine Flotte jagte zurück wie ein hakenschlagender Hase, und das war gut so, denn nun erschien auf der Massedetektorkugel ein Schwarm von Punkten, Fla-Raketen, die sich wütend auf ihre Ziele stürzten. Die Artillerie-Offiziere und Piloten der einzelnen Schiffe knurrten und fluchten, bearbeiteten ihre Computer und stellten zum Teil sogar auf manuelle Steuerung um. Die Schiffe tanzten und zuckten hierhin und dahin, um für die auf dem Boden stationierten Strahlergeschütze ein schlechteres Ziel abzugeben.

Plötzlich ertönte ein Hupsignal. John fuhr herum. Auf dem Massedetektor erschien beinahe in Gefechtsbereich eine feindliche Flotte! Womit zu rechnen gewesen war, denn ganz sicher waren die Bizh vorbereitet gewesen. Aber die Gefahr war nicht allzu groß, da er in Kürze bereit für Null war. Jedoch ...

»Sechs! Cameron!« schrie er ins Mikrophon. »Rücken Sie dicht zu mir auf!«

»Komme, John«, antwortete Camerons ruhige Stimme.

Aber John verfluchte seine eigene Begriffsstutzigkeit. Bei einer solchen Manövrierung wagte Cameron nicht, sein Schiff allzu dicht an die anderen Schiffe heranzubringen; zudem war ihm sein Computer, da er nicht an die anderen angeschlossen war, keine Hilfe. Und dort draußen, etliche Kilometer von der Gruppe entfernt, lag er nicht mehr im Bereich der kleinen Abwehrraketen und bot für den Feind ein leichtes Ziel!

Das Hupsignal ertönte von neuem. John überflog etliche Bildschirme, bevor er sicher sein konnte, daß der neue Alarm nur seine Hoffnungen erfüllte. Er atmete erleichtert auf. Ein Datenschirm zeigte Entfernung, Richtung und Masse an, die nur auf die *Berta* schließen ließen.

Bart war aber noch nicht sofort bei ihnen. Es würde immer noch fast eine Minute dauern, bevor die *Luna* oder die bewaffneten Aufklärer in Null gehen konnten, oder bevor *Bertas* Abwehrraketen zum Einsatz kamen. Und dann hatte John auch gar nicht vor, Bart allein im Gefecht zu lassen, bis er seinerseits wieder für Null aufgeladen war.

Also jagte er weiter auf unberechenbarem Zickzack-Kurs und unter optimalem Einsatz seiner Laser. Die feindliche Flotte folgte ihm in ziemlich dichter Formation in einer Entfernung von knapp zehn Kilometern. Die Bildschirme flackerten, fielen aus, kamen wieder mit normalem Bild. Das Ganze war ein regelrechter Nahkampf! Die Sekunden krochen dahin. John stand am Schaltbrett und erfand eine Finte nach der anderen, wobei er versuchte, immer größere Distanz zwischen sich und die Bizh zu bringen. Gottlob hielt die Computerkopplung mit den anderen Schiffen! Und Cameron folgte der *Luna* so dicht auf den Fersen als nur irgend möglich war.

Nun erreichen *Bertas* Raketen den Feind. Fast unmittelbar

darauf verringerte sich der Druck auf John. Doch plötzlich flimmerten alle Schirme weiß, und im selben Augenblick schrie jemand etwas Unverständliches aus dem Lautsprecher. Das ohrenbetäubende Geräusch eines Volltreffers wurde aus dem Innern des getroffenen Schiffs übertragen und brach ab. John kniff entsetzt die Augen zusammen. »Sechs ist verloren!« rief eine andere Stimme aus dem Lautsprecher. »Schon gut, Damiano. Nur keine Panik!« schnauzte John.

Er zwang sich, wieder auf die Schirme zu sehen. Die feindliche Flotte floh. Hätten die Bizh gewußt, daß ihre Schiffe bestimmt zehnmal mehr Feuerkraft besaßen als *Berta*, *Luna* und die kleineren Schiffe, wäre die Lage jetzt sicher eine andere. Aber vor einem so großen Schiff wäre auch John geflohen, und wie konnten die Bizh wissen, daß da nicht noch mehrere solche Ungeheuer plötzlich auftauchten?

Lustlos kontrollierte John die Armaturen. Er konnte jetzt in Null gehen, und *Berta* wäre in zwei Minuten soweit. »Bart«, funkte John an *Berta*, »du kannst die kleineren Schiffe auch gleich an Bord nehmen. Wir treffen uns dann beim Rendezvous.«

Bart war nicht nur über den Tod von Cameron und dessen Kameraden erregt, sondern auch über ein Phänomen auf dem Null-Massedetektor von *Berta*. »Das ist eine Flotte«, behauptete er, »und zwar befindet sie sich in einer Entfernung von etlichen Milliarden Kilometern. Sie erscheinen auf diesem Instrument, verschwinden wieder und tauchen auf dem normalen Massedetektor auf, bleiben dort fünf Minuten und kommen dann wieder über Null herein. Sie bewegen sich jedesmal um ein Zwanzigstel Lichtjahr. Deshalb kam ich auch ein bißchen verspätet zum Gefecht. Ich wollte sie noch ein paar Minuten lang beobachten. Ich habe das Gefühl, als suchten sie etwas.«

John blickte teilnahmslos auf das Detektor-System. »Wahrscheinlich sind es Vuls, obwohl es auch Bizh sein könnten.« Es war ihm so schrecklich egal. Sie hatten Cameron und sieben Mann Besatzung mit ihm verloren. Jetzt waren sie nur noch einhundertunddreiundachtzig Männer. Er schluckte und schluckte immer wieder. Ein Kügelchen Dron ... Er zwang sich, an andere Dinge zu denken. »Wir müssen mindestens noch einen Angriff entlang dieses Spiralarms machen. Am besten, wir bringen's möglichst rasch hinter uns. Wegen der möglichen Suchaktion verschwinden wir jetzt sofort und treffen uns in der Nähe unseres nächsten Angriffsziels.«

Erschöpft sank er in den Pilotensitz und fütterte den Computer mit dem neuen Programm. Dann raffte er sich auf und ging ins chemische Labor. Sie hatten dort eine ganze Menge Äthylalkohol. Man konnte ihn mit Wasser und ein wenig Glyzerin mischen. Wenn er schon kein Dron bekam, so war ein Alkoholrausch das beste, um den Durst, der keiner war, zu verschlafen. Die Männer brauchten ohnehin eine Ruhepause von acht bis zehn Stunden bis zum nächsten (und, wie er fest vorhatte, letzten) Angriff. Bart konnte inzwischen Wache halten.

14

Bulvenorg und Gusten lauschten dem Bericht eines erst kürzlich beförderten Offiziers ihres geheimen Nachrichtendienstes. Bulvenorg hielt ihn anscheinend für eine recht clevere Person.

Der Offizier überreichte den beiden Skizzen eines Raumschiffes, das ungefähr fünf- oder sechsmal so lang wie sein Durchmesser war. Drauf- und Seitenansichten waren identisch; sie zeigten einen langen, an den Enden abgerundeten Rumpf, der in Abständen von Streifen unterbrochen wurde, die sich aus einzelnen Kreisen zusammensetzten. »Diese Skizze wurde nach dem mündlichen Bericht eines Augenzeugen angefertigt. Die Kreise, die Sie hier so merkwürdig angeordnet sehen — vielleicht sollte man eher von Scheiben sprechen —, sind laut Aussage dieses Bizh dunkler als die Farbe des Rumpfes. Er erkannte keine Außensensoren oder andere Aufbauten. Natürlich muß man dabei bedenken, daß er das Schiff aus einer Entfernung sah, die es unmöglich macht, Gegenstände, die kleiner sind als — sagen wir zweimal die Größe eines Vulmoti — zu erkennen. Ich konnte feststellen, daß die Augen der Bizh ein wenig besser sind als die unsrigen.« Er unterbrach seinen Bericht, um den beiden Zuhörern Gelegenheit zu geben, die Skizzen zu betrachten. »Nach dem Bericht dieses Bizh zu schließen besitzt dieses Schiff drei- bis vierhundert runde Luken, von denen einige, wenn nicht sogar alle Waffenpforten sein könnten. Der Zeuge berichtete, daß sich nur dreißig Pforten, und sämtliche an einem Ende des Schiffes, öffneten. Bei den Waffen handelte es sich um herkömmliche Typen. Das Schiff beschleunigte nicht rascher als sein eigenes, aber es sei ihm aufgefallen, daß das fremde Schiff in etwas kürzerer Zeit für Null auflud. Wie Sie wissen, gleichen die Bizh-Schiffe in dieser Hinsicht unseren Schiffen ziemlich genau.«

Bulvenorg beschloß, diesem Offizier einen Drink anzubieten. Er holte eine Flasche und drei Gläser aus seinem Schreibtisch. »Sehr schön. Und Ihr Zeuge schätzte die Schiffslänge auf dreitausendfünfhundert *pezras*?«

»Darauf läuft es in etwa hinaus, wenn man seine Zahlenwerte überträgt. Er bedauert, daß er aufgrund seiner Überraschung und eines kleinen Schadens, den sein Schiff beim Kampf abbekommen hatte, nicht in der Lage war, seine Instrumente in der kurzen Zeit auf das Schiff einzustellen, um Aufnahmen und exakte Meßwerte zu bekommen. Er gibt auch zu, daß er sich in seiner Darstellung hinsichtlich der Länge beträchtlich irren könnte.« Er nahm das Glas entgegen. »Danke, Sir.«

Bulvenorg lächelte Gusten zu. »Eine Schätzung von dreitausendfünfhundert *pezras* für ein Schiff von zweitausendneunhundert! Die Bizh sind doch nicht so phlegmatisch und phantasielos wie wir immer dachten, was?« Dann wandte er sich wieder an seinen Nachrichtenoffizier. »Was sagte Ihr

Spion über die kleineren Schiffe, die sein Kampfverband belagerte, bevor das große Schiff erschien?«

»Sein Bericht entspricht früheren Berichten in dieser Sache sehr genau, Sir. Ein *layl* unserer bewaffneten Aufklärer plus eines unserer großen Schiffe — vierzigtausend *lohm*, Nave-Klasse.«

»Und von dem zerstörten Aufklärer konnten sie keine Leichen bergen, um die Rasse der Besatzung zu identifizieren?« fragte Bulvenorg.

»Leider nicht, Sir. Zur Beschreibung der Proteinmasse, die sie bargen, benützte er das Wort für klein gehacktes Fleisch als Nahrungsmittel, bereits gekocht.«

»Mhm. Schade für uns und für die Opfer. Keine persönlichen Gebrauchsgegenstände?«

»Gegenstände, Sir, die seiner Meinung nach beinahe jedem Hominiden gehört haben könnten.«

Bulvenorg seufzte. Er nippte an seinem Drink und überlegte, ob er seine Gedanken aussprechen sollte. Schließlich entschloß er sich dazu. »Ich habe den Eindruck, Sie gingen sehr geschickt mit dem Bizh-Kommandanten um. Aus langjähriger Erfahrung weiß ich, daß man aus diesen Wesen nur sehr schwer etwas herausbekommt.«

Der Offizier wirkte etwas bestürzt. »Ich gestehe, Sir, daß dieses Wesen seine Tätigkeit in meinem Dienst mehr als Zusammenarbeit denn als Spionage begreift.«

Bulvenorg richtete sich ein wenig in seinem Stuhl auf, und Gusten stieß einen Ton aus, der seine Belustigung ausdrücken sollte. »Glauben Sie«, fragte Bulvenorg gedehnt, »daß Sie einen Bizh-Kommandanten dazu brachten, sich im Vulmot-Reich als ein Gesandter ohne Beglaubigungsschreiben zu fühlen?«

Der Offizier errötete leicht. »Ich würde es vielleicht nicht so prononciert sagen, Sir, aber ich fürchte, daß sich eine Spur einer solchen Ansicht bei ihm eingenistet haben könnte. Ich versichere Ihnen, daß ich niemals vorgab, das Reich zu repräsentieren. Ich teilte ihm vertraulich mit, daß die Schiffe, die

die Angriffe auf das Bizh-Reich durchführten, weder von einer Vulmoti-Besatzung noch von irgendeiner von uns angeheuerten Söldnertruppe geflogen wurden. Und daß mir sehr viel daran lag, Mißverständnisse zwischen unseren Reichen zu vermeiden, obwohl ich dabei aus verschiedenen Gründen sehr vorsichtig vorgehen mußte.«

Bulvenorg kicherte. »Eine sehr geschickte Rechtfertigung für Ihre Handlungsweise. Sagen Sie — ganz unter uns —, dieses Individuum ist doch Mitglied des Bizh-Geheimdienstes, und Sie beide haben schon früher nützliche Informationen ausgetauscht?«

Der Offizier errötete noch stärker, aber er grinste dabei. »Ja. Ich hoffe, Sie haben dafür Verständnis. Aber wenn man mit fremden Rassen in Kontakt kommen will, muß man nehmen, was man kriegen kann. Und mit ihm speziell kann ich wie mit, nun, sagen wir meinesgleichen, was den Rang betrifft, diskreter verhandeln als mit einem Bizh, der vorwiegend auf einem anderen Gebiet tätig ist.«

Diesmal lachte Gusten schallend. »Wissen Sie«, sagte Bulvenorg, »das ist eine sehr interessante Sache für uns. Ich hatte nämlich tatsächlich gehofft, daß sich ein derartiges Arrangement herstellen ließe. Obwohl ich fast sicher bin, daß diese Überfälle auf das Bizh-Reich nicht aus unseren eigenen Reihen kommen, kann ich diese Sache der Regierung erst vorlegen, wenn ich absolut sichere Beweise habe. Halten Sie es für möglich, daß ›Ihresgleichen‹ geheimen Kontakt mit den hohen Bizh-Militärs aufnimmt? Sie können sich inoffiziell auf mich berufen. Ich würde die beiderseitigen Verdachtsmomente gern vergleichen.«

»Ich will die Sache gern unterbreiten, Sir. Wollen Sie eine besondere Nachricht abfassen?«

»Das werde ich tun«, antwortete Bulvenorg. »Aber vorher gibt es noch anderes zu berichten, nehme ich an.«

»Ja, Sir, und zwar hinsichtlich der von uns gebauten Schiffe der bewaffneten Aufklärer-Klasse. Wir sind die Archive durchgegangen, und zwar alle geklärten und ungeklärten Verluste während der letzten zehn *megashegs*. Wir brachten diese Zahlen in Zusammenhang mit der Anwesenheit von Chelki und stellten fest, Sir, daß in mehr als sechzig Prozent der Fälle Chelki an Bord waren.«

Bulvenorg riß es förmlich aus seinem Stuhl. »Sechzig Prozent, verdammt!« Er starrte den Nachrichtenoffizier an. »Und wie sieht es allein im letzten *megasheg* aus? Haben Sie da entsprechende Zahlen?«

»Ja, Sir. Achtundfünfzig Prozent.«

Bulvenorg ließ sich langsam wieder nieder. »Ich wage kaum zu fragen, ob Sie auch die Zahlen aller Schiffe haben, die mit Chelki-Besatzungsmitgliedern tief in den Weltraum vorstießen?«

Der Offizier lächelte. »Da diese Zahlen offensichtlich von Interesse sind: zweiundzwanzig Prozent.«

»Wieviele bewaffnete Aufklärer verloren wir auf ungeklärte Weise in den letzten zehn *megashegs*?«

»Einundsiebzig, Sir.«

Bulvenorg war wie vor den Kopf geschlagen. »Und wieviele große Schiffe?« fragte er fast tonlos.

»Im letzten *megasheg* vier Nave-Klasse-Schiffe. Eines schickte eine Nachrichtenkapsel, in der mitgeteilt wurde, daß das Null-System defekt gewesen ist. Von den anderen dreien war nur eines ein Vierzigtausend-*lohm*-Schiff. Dabei handelte es sich um ein neues Schiff auf Probefahrt, Sir, mit Chelki-Technikern an Bord.«

Bulvenorg erhob sich und ging einige Male im Zimmer auf und ab. Dann kehrte er zu seinem Platz zurück und setzte sich wieder. »Geben Sie mir alle diese Statistiken schwarz auf weiß, sobald es geht. Aber nun zu den Chelki-Aufständen. Ich bat Sie, auch hier Nachforschungen anzustellen.«

»Wie Ihnen bekannt ist, verschwindet hin und wieder eine Anzahl Chelki, was eigentlich unsere Vulmoti ebenso tun. Aber die Zahl der Chelki, die zum Beispiel auf langen Handelsreisen in weit abgelegene Gebiete verschwinden, ist unverhältnismäßig groß. Mit Hilfe der Wahrscheinlichkeitsanalyse kamen wir auf einen Großen Chelki, der allem Anschein nach einer Art Geheimorganisation angehört, die unter anderem auch Berichte über das Verschwinden von Chelki fälschte. Er kann ebenso in die Schiffsdiebstähle verwickelt sein!«

Bulvenorg schloß einen Moment die Augen. Vor ihm begann sich eine sehr beunruhigende Lage abzuzeichnen. Nach einer Weile wandte er sich wieder an den Offizier. »Was halten Sie von der Vermutung, daß sich eine beträchtliche Zahl dieser geflüchteten Chelki irgendwo versammelt hat? Daß es eine lebensfähige, freie Chelki-Kolonie gibt, die gegen uns operiert?«

»Alles in allem würde ich sagen, daß diese Möglichkeit durchaus besteht — inoffiziell sage ich, sogar höchstwahrscheinlich ist.«

Bulvenorg stellte keine weiteren Fragen. Nach einer Weile intensiven Nachdenkens lächelte er die beiden grimmig an und sagte: »Diese Sache muß die Regierung natürlich erfahren, aber diskret.«

15

In einem bewaffneten Aufklärer trat John in der Nähe des Planeten Akiel aus Null, funkte das gewünschte Losungswort und landete.

»Kommodore, wir haben Ärger«, empfing ihn der befehlshabende Leutnant des kleinen Kontingents, das John auf Akiel zurückgelassen hatte. »Die Vuls überfallen fast alle Planeten, auf denen sich nach der Zerstörung der Erde Menschen aufgehalten haben.«

John sah ihn müde an. »Das ist eine schlechte Nachricht, aber sie überrascht mich nicht. Wann haben Sie es erfahren?«

»Vor einigen Tagen. Eines der Bizh-Schiffe, das wir hier neu ausrüsteten, reiste zu dem Planeten hinüber, den die Hohdans Ihnen gaben. Die Männer dort hatten es von den Hohdans erfahren.« Er sah John ängstlich an. »Werden sie uns auch hier suchen?«

»Ich wüßte nicht, warum. Sie wissen nichts von Akiel. Haben Sie hier Alarmbereitschaft angeordnet?«

»Jawohl, Kommodore. Ich unterrichtete auch den hiesigen Großen Chelki. Er sagte, er würde dem Omniarchen Bescheid zukommen lassen.«

»Gut, Leutnant. Ich werde den Großen Chelki ebenfalls besuchen.«

Er brauchte eineinhalb Tage, um den Großen Chelki zu finden. »Kommodore«, sagte der Große Chelki nach Johns einleitenden Worten, »seit acht Tagen hörte ich nichts mehr von meinem Vorfahren. Die Nachricht, die mir Ihr Leutnant überbrachte, beunruhigt mich. Vielleicht ist auch mein Vorfahre in Schwierigkeiten.«

»Lassen Sie ihn trotzdem wissen, daß ich ihn dringend sprechen muß.«

»Das werde ich tun, John Braysen, aber wir müssen auch folgendes bedenken: Vielleicht ist die Nachrichtenkette zwischen ihm und mir unterbrochen. Und dann bin ich gezwungen, zuerst an die Sicherheit dieses Planeten zu denken.«

»Natürlich«, sagte John. »Heißt das, daß Sie uns Beschränkungen auferlegen?«

»Nein, John Braysen, das kann ich nicht tun. Aber ich bitte Sie, sehr sehr diskret zu sein.«

John versuchte, seine Ungeduld zu verbergen. »Selbstverständlich. Aber ich denke, mit dem letzten Überfall haben wir eine Phase im Plan des Omniarchen abgeschlossen.«

»Ich werde diese Nachricht über die einzige Möglichkeit, die ich kenne, weitergeben. Wollen Sie hier auf eine eventuelle Antwort warten?«

»Nein. Ich muß einen Hohdan-Kommandanten treffen. Wie Sie wissen, gibt es einen Ort, an dem ich mich schon einmal mit dem Omniarchen traf. Ich werde dort einen ständigen Wachtposten unterhalten.«

»Auch diese Information werde ich weitergeben, Sir.«

Vez Do Han runzelte gedankenvoll die Stirn. »Nein, ich kann nicht einmal raten, wo der Omniarch sich verstecken könnte. Er ist eine körperlich sehr widerstandsfähige Kreatur, John Braysen, und er könnte praktisch auf beinahe jedem Chlorophyll-und-Protein-Planeten Zuflucht nehmen. Und nachdem er sich bereits so lange erfolgreich vor den Vulmoti verstecken konnte, halte ich ihn für einen sehr erfahrenen Mann in dieser Hinsicht.« Vez lächelte. »Er hat zum Beispiel nicht einmal mir gesagt, wo Akiel liegt, obwohl ich es mir so ungefähr denken kann.«

John seufzte. »Dennoch vielen Dank. Hatten Sie Zeit, unseren Bericht über unsere Angriffe in der Nähe des anderen Endes des Bizhreiches zu lesen?«

»Ja, den habe ich gelesen.« Vez nahm ein kleines Raumschiff, das als Briefbeschwerer diente, von seinem Schreibtisch und wog es spielerisch in seiner Hand. »Wie Sie wissen, lieber John Braysen, erfreut sich das Hohdan-Reich aller Vorteile einer Demokratie — und leidet unter ihren Nachteilen. Aus diesem Grund sind meine Vorgesetzten im Augenblick in einer unangenehmen Situation. Obwohl Spitzenbeamte der Regierung diese kleine Kriegslist gegen das Vordringen der Bizh genehmigten, ziehen sie jetzt am anderen Ende des Strangs. Ich bekam den Auftrag, mich sofort von dieser Sache zu distanzieren — und insbesondere sämtliche Verbindungen zu Menschen und anderen Söldnern abzubrechen.«

John schwieg einen Augenblick. »Wie aus meinem Bericht hervorgeht, sind wir selbst durchaus bereit, die Verbindung abzubrechen. Aber ich hoffe, Ihre Anweisungen berühren nicht unsere Abmachung hinsichtlich jenes Planeten in Ihrer Region, auf dem wir uns niederlassen wollten.«

Vez machte eine abweisende Geste. »Laut meinen Anweisungen gehörte das natürlich dazu. Aber ich habe mir schon eine Möglichkeit ausgedacht, hier absichtlich etwas mißzuverstehen — und werde Sie nicht von diesem Planeten vertreiben. Aber Sie dürfen nicht mit unserer Unterstützung rechnen, wenn Sie eines Tages dort entdeckt werden. Deshalb rate ich Ihnen zu äußerster Zurückhaltung.«

Angesichts Vez Do Hans Großzügigkeit empfand John echte Gewissensbisse. Da spielte er mit einem Freund mit verdeckten Karten ... »Ich weiß Ihre Haltung zu schätzen, Vez. Sie werden dadurch in eine unangenehme Situation geraten.«

»Ach, das ist alles halb so schlimm. Diese Aufregung über die Söldner wird nicht lange dauern. In jedem großen Reich werden ständig irgendwelche Intrigen gesponnen; und die Bizh und die Vulmoti werden auch wieder andere Dinge zu bedenken haben.«

Eine Weile saßen sie sich schweigend gegenüber. Dann unterbrach Vez die peinliche Stille. »Kamerad, obwohl wir mit den Bizh nur indirekte Kontakte haben, konnte ich von unserem Geheimdienst doch einen sehr merkwürdigen Bericht bekommen.«

Einen Augenblick lang empfand John ein flaues Gefühl im Magen, doch dann lächelte er plötzlich. Das war die Erlösung.

»In dem Bericht«, fuhr Vez nun ebenfalls grinsend fort, »wurde ein unmöglich großes Schiff erwähnt, aber die Umstände, unter denen es gesichtet wurde, fallen so hübsch mit Ihren Angriffen zusammen ...« Er holte tief Luft. »Sehen Sie, auch ich muß ein bißchen loyal gegenüber meiner Rasse sein. Alles, was ich im Augenblick von Ihnen erbitte, ist folgendes: Wenn Sie eine Möglichkeit sehen, wie wir unsere loyalen Interessen parallelschalten könnten, dann denken Sie in diese Richtung.«

John lachte. »Ja, Kamerad. Ich besitze ein sehr großes Schiff. Sie werden erraten, woher ich es bekam, und daß es sich um ein Klee-Schiff handelt. Aber nun zur Situation. Sie erwähnten Loyalität gegenüber meiner Rasse und meinten bestimmt die Sicherheit meiner Kameraden, solange sie noch am Leben sind. Aber es geht um mehr.« Er machte eine Pause, um seine Gefühle besser unter Kontrolle zu bekommen. »Meine Rasse muß nicht aussterben, Vez Do Han. Es gibt noch eine ganze Anzahl lebendiger Frauen, aber irgendwo versteckt.«

Er beobachtete den ständig wechselnden Gesichtsausdruck Vez Do Hans — von Erschrecken zu Sprachlosigkeit, Aufregung und Amüsement. »Sprechen Sie nicht weiter. Lassen Sie mich raten! Der Omniarch allein weiß, wo sie sind. Und er war es, der Sie von Drongail holen ließ und der Ihnen half, die anderen Männer zu sammeln. Ich muß schon sagen: ein feingesponnener Plan!« Plötzlich wurde Vez ernst. »Ich verstehe jetzt, daß Sie so gut wie keine freie Wahl hatten, John Braysen. Aber nun sagen Sie mir, wie könnten sich unsere jeweiligen Interessen decken?«

»Sobald wir unsere Frauen sicher auf den Planeten gebracht haben, wo wir uns niederlassen wollen, können Sie das verdammte Schiff haben! Kommen Sie vorher mit mir an Bord, damit Sie das Schiff kennenlernen. Unsere Rasse ist zahlenmäßig so geschwächt und so gründlich geheilt von Großmachtgelüsten, daß wir mit dem Weltraum für sehr lange Zeit nichts mehr im Sinn haben werden. Wir wünschen uns lediglich irgendeinen angenehmen Planeten, irgendwo im galaktischen Hinterland dieses Vektors.«

Vez war aufgestanden; er zitterte vor Erregung. »Ist das ein Pakt, John Braysen?«

»Das ist ein Pakt! Und sollten meine Leute dagegen sein, werde ich Ihnen die Notwendigkeit meiner Entscheidung erklären. Und um wortbrüchig zu werden, wird es dann ohnehin zu spät sein!«

16

Das unbewaffnete Hohdan-Schnellboot, ein kleiner, durch seine konkaven Enden leicht erkennbarer Typ eines Raumfahrzeugs (die Form beruht auf einer besonderen Anordnung der Grav-Abschirmplatten) trat zwischen den doppelten Binärsternen aus Null. Ein rascher Blick auf die Massedetektor-Kugel sagte John, daß sich sein Sechzigtausend-Tonnen-Flaggschiff *Luna* wie verabredet vor ihm befand, um Bart

Lange an Bord der *Berta* über die Ankunft eines Hohdan-Schiffes zu informieren.

»So, das ist sie«, sagte John zu Vez Do Han.

Vez schien ihn gar nicht gehört zu haben. Gebannt blickte er auf den Bildschirm, der das große, alte Schiff zeigte. Endlich wandte er sich an John. »Sie haben sie mir zwar beschrieben. Aber keine Beschreibung hätte mich auf diesen Anblick vorbereiten können!«

John grinste. »Sie ist umwerfend, nicht wahr? Schade, daß Sie nicht dabei waren, als sie aus dem Innern des Planeten hervorbrach. Dann wollen wir mal einfahren und an Bord gehen.«

Er beugte sich über das Sprechgitter des Funkgeräts, aber noch bevor er Bart Lange rufen konnte, drang dessen Stimme durch den Empfänger. »Ist John Braysen an Bord? John?«

»Ja, Bart. Ich bin hier zusammen mit Vez Do Han und vier seiner Spezialisten.«

»John, folgendes: Der Große Chelki schickte eines unserer Schiffe von Akiel hierher. Ralph Cole war an Bord. Er sagte, der Große Chelki hätte ihn beinahe verprügelt, als er sich weigerte, die Koordinaten dieses Verstecks preiszugeben. Sie einigten sich schließlich dahingehend, daß Ralph versprach, dich auf alle Fälle zu treffen. Der Omniarch ist in einer sehr üblen Lage. Die Vuls knackten seine Spionagekette, und jetzt jagen sie ihn oder versuchen es wenigstens. Er versteckt sich zur Zeit auf dem Planeten, auf dem ihr *Berta* ausgebuddelt habt. Die Vuls wissen noch nicht, daß er dort ist, aber sie wissen, daß er dort schon einmal war, und sie beobachten den Planeten für den Fall, daß er auftaucht. Er besitzt kein Schiff und keine Mittel, um noch lange auszuhalten. Er fragt, ob du ihn retten kannst. Er hält die Streitkräfte der Vuls in dieser Gegend für relativ schwach. Er behauptet, er hätte eine Kommunikationsmöglichkeit mit dir, sobald du dort bist und die Vuls verjagt hast.« Lange machte eine Pause, um Luft zu schnappen. »Cole berichtete, der Große Chelki und der Rest der Akiel-Kolonie würden völlig verrückt spielen. Er hätte nie gedacht, daß die Chelki derart reagieren könnten.«

»Wann erreichte dich Cole?« fragte John.

»Vor ungefähr sieben Stunden. Aber er reiste sofort weiter zu dem Planeten, auf dem wir uns niederlassen sollten, wenn — sobald wir alles überstanden haben.«

John warf dem Hohdan einen Blick zu. »Bart. Ich informierte Vez Do Han über die Frauen. Er ist unser Verbündeter.«

Barts Stimme kam erst nach einer längeren Pause wieder, und seine Mißbilligung klang deutlich durch. »Nun, jedenfalls hoffte Cole, dich dort zu finden. Er sagte mir wörtlich, ich solle mich zum Teufel scheren, als ich jemand anderen an seiner Stelle schicken wollte. Er sagte, er hätte dem Großen Chelki sein Wort gegeben und würde es um keinen Preis brechen. Sie müssen ihm auf Akiel mächtig Angst eingejagt haben!«

»Coles Angst ist durchaus berechtigt«, sagte John. »Alles hängt jetzt vom Omniarchen ab, Bart. Wir kommen an Bord. Schicke inzwischen Depeschenkapseln zu allen unseren Männern. Sie sollen sich sofort hierher auf den Weg machen. Wir werden dann schleunigst zu unserem zukünftigen Heimatplaneten reisen, um uns aus den dortigen Vorratslagern mit Munition zu versorgen. Dann werden wir dem Omniarchen zu Hilfe eilen. Bot der Große Chelki irgendwelche direkte Hilfe an?«

»Ja. Er sagte, er hätte genug Krieger-Chelki und Techniker, um alle seine kleinen Schiffe zu bemannen, wenn wir sie bräuchten. Auch er selbst wollte mitkommen, sobald du ihm sagen würdest, wohin die Reise ginge.« Bart hörte sich noch immer sehr verdrossen an.

»Sag in der Depesche, daß ihn die Leute von Akiel mitbringen sollen«, rief John hastig. Dann steuerte er das kleine Hohdan-Schiff auf die *Berta* zu. Sie schlüpften durch eine der großen Luken ins Innere, und während sie ungeduldig warteten, daß sich die Luke hinter ihnen schloß und der Druckausgleich in der Landekammer hergestellt wurde, fragte Vez etwas ängstlich: »John Braysen, wo liegt diese Welt, die die Vuls jetzt beobachten?«

John lächelte freudlos. »Sie befindet sich in Ihrer eigenen Region — nur wenige Null-*doleks* von dem Planeten entfernt, den Sie uns gaben.«

»Dann lag das Klee-Schiff sozusagen vor unserer Haustür. Nun, Kamerad, das vereinfacht die Dinge für mich, obwohl ich dadurch noch tiefer in den Sumpf des Beinahe-Verrats gerate. Wenn es Ihnen recht ist, werde ich meine persönliche Elitetruppe einsetzen — dreißig Schiffe insgesamt, allerdings nur leichte Kreuzer — und schicke sie zu einem von Ihnen bestimmten Rendezvous. Aufgrund der jüngsten Anweisungen, die ich von oben erhalten habe, kann ich die Vulmoti, die sich da in unserer Region herumdrücken, nicht wie Piraten behandeln, aber ich kann ihnen jede Möglichkeit bieten, den ersten Schlag zu tun, um sie dann zu vernichten.«

John versuchte, seine Gedanken zu ordnen. »Schicken Sie doch eine Nachrichtenkapsel mit den Koordinaten. Ich werde sie für Sie zusammenstellen.«

Vez lächelte und trat an sein Schaltbrett. »Großartig!«

Eine Lampe an der Konsole zeigte an, daß der Druckausgleich zwischen den Schiffen inzwischen hergestellt war. John öffnete das Schloß, und sie kletterten hinaus. Durch eine Luke betraten sie einen Gang dieses riesigen Schiffs. John blieb plötzlich stehen. »Vez, wenn es in der Nähe dieses Planeten zum Kampf kommt, könnte dem Omniarchen vielleicht etwas zustoßen.«

»Handelt es sich um keinen lebensfreundlichen Planeten?«

»Sehr begrenzt. Trocken und wenig Sauerstoff.«

Vez überlegte einen Augenblick. »Nun, ich denke, daß es am besten ist, Sie übernehmen das Kommando, da Sie bereits dort gewesen sind. Und schließlich steht das Schicksal Ihrer Rasse auf dem Spiel.«

Die *Luna* ging in Null. Gespannt saßen John und Vez in den beiden Pilotensitzen. Beide hätten es entschieden vorgezogen, an Bord der *Berta* zu sein, deren Instrumente ihnen die Vul-Kampfverbände schon vor dem Austreten aus Null gezeigt hätten. Aber sie wollten die *Berta* nicht schon jetzt der Elite-Schwadron von Vez Do Han vorführen, denn damit hätte sich ihr persönlicher Pakt an Ort und Stelle erübrigt.

John schwitzte. Wie sollte er die Situation auf dem trockenen Planeten meistern? Er bezweifelte zwar, daß die Vulmoti dort kämpfen würden. Viel eher war anzunehmen, daß sie flüchteten, sobald er aus Null auftauchte. Sie mußten inzwischen wissen, daß Schiffe ihrer Bauart von aufständischen Chelki geführt wurden. Aber welche weitreichenden Folgen mochte der Anblick dieser gestohlenen Schiffe in einmütiger Gesellschaft mit Hohdan-Kampfverbänden verursachen? Er schaute zu Vez hinüber. Wenn sich Vez keine Sorgen machte, vielleicht sollte er es auch nicht tun.

Aber wo mochte der Omniarch auf dem unfruchtbaren Planeten stecken? Sicher nicht in der Nähe des riesigen Grabens, den die *Berta* hinterlassen hatte. Das wäre Selbstmord gewesen, denn die Vuls hatten diese Stelle inzwischen bestimmt gründlich untersucht.

Und wenn sie vermuteten, daß dort ein Klee-Schiff gelegen hatte? Sicher hatten sie inzwischen von der Existenz eines solchen Schiffes erfahren. Ihre Spionage war eben so gut aufgebaut wie die der Hohdans, und auch Vez hatte seine Schlußfolgerungen gezogen.

Wenn er lange brauchte, um das Versteck des Omniarchen ausfindig zu machen, könnten ganze Vul-Flotten rund um den Planeten aus Null auftauchen, und gewiß würden die Vuls einen totalen Krieg riskieren, wenn es um Klee-Technologie ging. Und John hatte nicht vergessen, daß die Vuls nicht lange fackelten. Er erinnerte sich noch, als wäre es gestern gewesen, an jenen schrecklichen Augenblick, als der Raum um die irdische Flotte plötzlich von Lichtpunkten umgeben war, und mit welcher verzweifelten Verbissenheit die Flotte bis zu ihrem Untergang gekämpft hatte. Nur die Tatsache, daß er eine winzige Chance wahrgenommen hatte — eine Gelegenheit, sich für knapp zwei Minuten unter die feindliche Flotte zu mischen und sie so zu verwirren, daß er Zeit hatte, eine komplette Salve abzugeben und für Null aufzuladen — hatten ihm und seinem Flottenabschnitt die Flucht ermöglicht.

Das geschah ungefähr achtundvierzig Stunden nach der Zerstörung der Erde; und trotzdem hatten die Vuls die irdische Flotte noch gejagt. Hier würden sie kaum anders handeln.

Aber wenigstens waren Bart und ein paar Männer sicher auf der *Berta*. Sicher — aber ohne die für ihr Fortbestehen unentbehrliche Information, die sie nur vom Omniarchen erhalten konnten.

John warf einen Blick auf den Großen Chelki von Akiel, der wie angewurzelt auf seinen vier Beinen stand, die großen haarigen Fäuste auf den vorderen Teil seines faßähnlichen Körpers gelegt hatte und starr auf den Chronometer blickte.

John war in Schweiß gebadet.

Break-out.

Sämtliche Zweifel und Überlegungen waren wie weggefegt. Johns Blicke schossen vom Armaturenbrett zu den Bildschirmen und zum Massedetektor. Ein Schiff, noch eines . . . weder einer seiner bewaffneten Aufklärer noch ein Hohdan-Schiff, denn sie würden erst nach etwa zehn Sekunden aus Null austreten, damit er Zeit hatte, den Feind zu orten. Da Vez mit der Programmierung dieses Schiffes nicht vertraut war, beobachtete und analysierte er inzwischen die feindlichen Streitkräfte. »John, dieses hier ist durch das Fernrohr sichtbar! Sie werden den Typ unseres Schiffes erkennen!«

Johns Hände bewegten sich ruhig über das Schaltbrett und programmierten die ersten Daten und Befehle für den Rest der Schiffe, die gleich kommen mußten. Sicher funkten auch bereits die Vul-Schiffe Befehlsprogramme. Bis jetzt hatte er auf dieser Seite des Planeten elf feindliche kleine Schiffe gezählt. Über Funk meldeten sich Fred Coulter, Luis Damiano und Ralph Cole. »Sichtkontakt mit leichtem Vul-Kreuzer. Ist wahrscheinlich bestückt mit zwanzig schweren Raketen, doppelt so vielen leichten, vier Lasern und vier schweren Kurzstrecken-Grav-Raketen. Höhe knapp oberhalb der Atmosphäre. Kommandoschiff wahrscheinlich irgendwo jenseits des Planeten. Keine Funksprüche zu hören. Sie benützen natürlich Strahlen. Bis jetzt keine gelandeten Schiffe in Sicht.«

Zwei, drei weitere Lichtpunkte erschienen auf dem Radarschirm. Sie kamen um die Biegung des Planeten, um zu den leichten Kreuzern zu stoßen. Das dritte Schiff gab einen ziemlich großen Lichtpunkt ab — wahrscheinlich ein Kommandoschiff von der Größe der *Luna*.

Dann war der Massedetektor plötzlich mit Lichtern übersäht. John beobachtete sie eine Minute lang ängstlich, dann entspannte er ein wenig. Es waren seine eigenen Streitkräfte.

Und im nächsten Augenblick waren alle Punkte, die von den Vul-Schiffen herrührten, verschwunden.

John schaltete den Sprechfunk ein. »An alle Einheiten: Geben Sie Ihren Computern das Suchprogramm ein. Setzen Sie Ihre sämtlichen Sensoren und Ihre Augen ein. Wir wissen nicht, wonach wir suchen, aber lassen Sie sich nichts entgehen!«

Die Lichtpunkte verteilten sich, während sich seine kleine Flotte und die Elite-Schwadron Vez Do Hans rund um den Planeten verteilten. John rief *Lunas* Nachrichtenzentrale. »Damiano?«

»Ja, Sir.«

»Schicken Sie alle fünf Minuten ein unbemanntes Boot zu Bert Lange mit sämtlichen Daten, die wir hier sammeln.«

»Jawohl, Kommodore.«

John seufzte. Nun begann die zermürbende Phase, in der sie ganz dem Zufall ausgesetzt waren. Natürlich wußten die Vuls noch nicht, daß sich der Omniarch hier aufhielt, aber sicher vermuteten sie, daß es auf diesem ausgedörrten Planeten etwas gab, um das es sich zu kämpfen lohnte. Wie lange würde es dauern, bis ein Vul-Kommandant eine Entscheidung träfe? Und wo befand sich die nächste kompetente Persönlichkeit? Fünf Minuten in Null entfernt irgendwo im dunklen Weltraum, oder Stunden weit in der Vul-Region? Wie lange würde es dauern, bis sie den Omniarchen gefunden hatten, wenn sie ihn überhaupt fanden?

Aber er hatte den Omniarchen unterschätzt. Die Schiffe hatten den Planeten kaum eingekreist, als sich Nummer 8 meldete: »Ein Blitz — sieht aus wie ein Leuchtsignal — ungefähr dreißig Kilometer von mir entfernt. Ich fliege im Tageslicht, aber nahe der Abendlinie. Das Signal ging in einer Höhe von etwa zweitausend Metern über der Oberfläche los.«

Noch mehrere Berichte über das Leuchtsignal liefen gleichzeitig ein.

»Halten Sie darauf zu, Nummer 8, aber seien Sie vorsichtig!« befahl John.

Minuten später meldete Nummer 8 aufgeregt: »Haben schwachen Funkkontakt! Er spricht Englisch. Ich glaube, er ist es!«

John, Bart, Vez, der Omniarch und der Große Chelki von Akiel saßen beziehungsweise standen in *Bertas* großem Kontrollraum.

Dem Omniarchen schien es nichts ausgemacht zu haben, daß er nur mit knapper Not entkommen war. »Mein Sauerstoffvorrat hätte noch weitere zehn bis zwölf Stunden gereicht«, berichtete er in Hohdan. »Ich hatte mich in einer Höhle am Steilufer eines ausgetrockneten Flußufers versteckt, hatte mein Funkgerät, einige Kekse und einen Behälter mit Wasser. Außerdem hatte ich das Fernsteuerungsgerät bei mir, ein Klee-Artefakt, das Sie hier sehen, und das John Braysen schon von früher kennt. Ich hatte viel Zeit gehabt, mich mit der Klee-Technologie zu beschäftigen, und es gelang mir, noch ein paar Geheimnisse zu enträtseln. Da ich die Klee-Schrift inzwischen ziemlich gut beherrsche, konnte ich ein Leuchtsignal von seinem Lagerort abberufen und es hier zur Explosion bringen. Wäre Ihnen das erste entgangen, hätte ich noch ein zweites zur Verfügung gehabt.« Das vierbeinige Wesen senkte seinen Blick auf Vez Do Han. »Ich bin überrascht, Sie hier mit Ihrer eigenen kleinen Flotte zu sehen.«

Vez hatte der Geschichte des Omniarchen mit ausdruckslosem Gesicht zugehört. Nun fragte er den Chelki leise: »Befinden sich denn auf diesem Planeten mehrere Artefakte, die abgerufen werden können?«

Der Omniarch wackelte ein bißchen mit dem Kopf, was seine Belustigung ausdrückte. »In der Tat, Freund und manchmal auch Mitstreiter. In meinem Katalog stehen bis jetzt zweihundertvierzehn weitere Artefakte.« Der Omniarch musterte John und Vez. »Ich frage mich, ob Sie beide mich über die Art Ihrer Übereinkunft informieren wollen, denn daß es eine gibt, beweist mir Vez' Anwesenheit an Bord dieses Schiffes.«

»Ihre Vermutung stimmt«, antwortete Vez. »John Braysen hat sich bereit erklärt, mir dieses Schiff zu überlassen, sobald er mit unserer Hilfe seine Männer und eine Gruppe menschlicher Frauen auf einem entfernten Planeten angesiedelt hat. Ich riskiere sehr viel dabei, aber für einen großen Preis.«

Der Omniarch war einverstanden. »Meine Pläne haben einen kritischen Punkt erreicht, und ich bitte Sie deshalb um Vergebung, wenn ich mir erlaube, weiterhin mit Ihnen, Vez Do Han, zu verhandeln, auch wenn Sie im Augenblick nicht die Unterstützung Ihrer Regierung haben. Gewisse vorhergesehene Risiken sind tatsächlich eingetreten. Meine ganze Rasse befindet sich nun im Aufstand gegen das Vulmot-Reich. Auf mir lastet die schreckliche Gewißheit, daß sehr viele von uns sterben werden. Einigen wird es gelingen, sich den Weg zu vorübergehender Freiheit zu erkämpfen und sich an einem Ort zu versammeln, von dem aus wir — wenn ich gewisse Dinge richtig interpretiert habe — endlich absolute Sicherheit erreichen werden. Ich spreche von Zahlen, die in die Millionen reichen.« Er verlagerte sein Gewicht auf die andere Seite. »Die Flucht wird zum Teil von einer riesigen Verschiffungs-Operation abhängen, die übrigens bereits begonnen hat, und von der Zahl der bewaffneten Begleitschiffe. Von letzteren haben wir bei weitem nicht genug. Wir brauchen dringend Hilfe, und diese erbitte ich von Ihnen beiden, John Braysen und Vez Do Han.«

John bemerkte, wie Vez sich plötzlich straffte. »Nun möchte ich aber wissen, mein Alter, warum *ich* Ihnen helfen sollte? Es handelt sich nicht um meine Rasse, die — vielleicht hoffnungslos — um ihr Fortbestehen kämpft. Wenn ich im Augenblick anscheinend etwas von unserem Regierungskurs abweiche, verstehen Sie das nicht als Verrat an meinem Volk! Sie bitten mich, Schiffe und Mannschaften und sogar unseren offiziellen und weitgehend sicheren Frieden mit den Vulmoti aufs Spiel zu setzen. Was würden wir durch so hohe zusätzliche Risiken gewinnen?«

»Zunächst einmal trafen Sie eine Abmachung mit John Braysen«, antwortete der Omniarch ruhig, »die ich so nicht geplant hatte; sie läuft jedoch meinen Plänen nicht zuwider. Zweitens wären da die Geräte, die von dem trockenen Planeten abgerufen werden können, der ja innerhalb Ihrer Regionen liegt. Darüber hinaus kann ich Sie zu einer riesigen Fundgrube von Klee-Artefakten und Klee-Technologie führen. Auch dieser Verwahrungsort ist untrennbar mit meinen Schwierigkeiten verbunden. Auch er schwebt in Gefahr, den Vulmoti in die Hände zu fallen.« Er lächelte grimmig und sah John an. »Dieser Verwahrungsort ist eigentlich ein Vivarium. Hier leben etliche Tierarten, die die Klee vor langer Zeit dort aussetzten — und dort befinden sich auch die Frauen Ihrer Rasse, John Braysen.« Darauf wandte er sich wieder an Vez. »Um dieses Vivarium zu erreichen und zu übernehmen, Vez Do Han, brauchen Sie meine Hilfe. Selbst Ihre besten Wissenschaftler — und würden sie mehrere Lebzeiten zur Verfügung haben — könnten es nicht erreichen.« Er machte eine Pause und fuhr dann entschuldigend fort: »In einer Sache muß ich mich berichtigen: Das Vivarium selbst kann ich Ihnen nicht anbieten. Ich brauche es, denn es soll die Überlebenden meiner Rasse in endgültige Sicherheit bringen. Ich biete Hohd jedoch die große Zahl der dort lagernden Artefakte plus mein ganzes Wissen über die Klee-Technologie.«

Vez drehte dem Omniarchen empört den Rücken und ging erregt hin und her. Dann ging er plötzlich auf den Chelki zu. »Sie sprechen, als wäre das Hohdan-Reich nicht imstande, ein paar Schraubenkästchen aus einem Planeten innerhalb seiner eigenen Region auszugraben! Ich habe das Gefühl, daß Sie mir nichts mehr zu bieten haben — außer Bluff!«

»Versuchen Sie es, wenn Sie wollen«, erwiderte der Omniarch vergnügt. »Aber während Sie mit Ihren Wissenschaftlern, Technikern und Ingenieuren vergeblich in der Kruste dieses Planeten graben, werden die Vuls ähnliche Ziele verfolgen. Weder sie noch die Bizh werden hinsichtlich des riesigen Schiffes, auf dem wir uns befinden, falsche Schlüsse gezogen haben. Ohne meine Hilfe werden Sie in diesem Rennen nur dritter sein.«

»Wer besitzt dieses Schiff — diese *Berta* — im Augenblick?« brummte Vez.

»John Braysen besitzt und kommandiert es im Augenblick«, antwortete der Omniarch. »Aber er steht bei mir unter Vertrag, und dieser Vertrag ist durch eine Sache, die für ihn äußerst wichtig ist, gesichert. Was später mit diesem Schiff geschieht, ist allein John Braysens Sache.«

Vez wandte sich an John. »Stellen Sie mir einige unbemannte Boote zur Verfügung. Wenn ich mich in dieses Wahnsinnsunternehmen stürzen will, brauche ich mehr Streitkräfte. Und um die zu bekommen, muß ich etwas von Klee-Artefakten verlauten lassen.«

John stimmte sofort zu, denn er war froh, daß dieses Schachern ein Ende fand.

17

Elf Stunden waren vergangen. Die *Berta* war inzwischen angekommen, um die vielen Artefakte, die sie von dem trokkenen Planeten geborgen hatten, an Bord zu nehmen. Auch die *Luna* befand sich an Bord von *Berta*. Während sie in Null reisten, um die Beute an einen von Vez als sicher bezeichneten Ort zu bringen, wandte sich Vez mit einer Frage, die ihm und auch John keine Ruhe ließ, an den Omniarchen.

»Omniarch, wenn ich unsere früheren Gespräche überdenke, fällt mir auf, daß Sie eigentlich nie behauptet haben, die Klee-Geräte wären auf jenem Planeten vergraben.«

»Das stimmt, Vez Do Han«, antwortete der Chelki vergnügt.

»Und alle erschienen ganz plötzlich auf dem Massedetektor«, fuhr Vez fort. »Wären sie vergraben gewesen, hätten wir sie auf dem Detektor gehabt, sobald wir uns dem Planeten genähert haben. Deshalb können sie nicht hier gewesen sein. Sie riefen die Artefakte von einem anderen Ort ab!«

»Völlig richtig. Hier befanden sich lediglich so etwas wie Markierungen.«

»Aber wo liegt dieser Ort? Zweifellos sehr weit entfernt. Und welche Schlüsse können wir ziehen? Es gibt nur einen, und der heißt: Diese Depots werden noch von Klee oder von Benützern der Klee-Technologie betrieben.« Er war jetzt sehr ernst geworden. »Sie können mir nicht vormachen, daß die Nahrungsvorräte, die wir bargen — selbst wenn es sich um die besten Konserven, die es je gab, handelte — dreißigtausend Jahre überstanden haben!«

»Das will ich Ihnen auch nicht vormachen, Vez Do Han, obwohl es mich persönlich nicht überraschen würde. Was ich Ihnen nun erzählen werde, mag Ihnen noch unglaubwürdiger erscheinen. Die physikalische Entfernung, über die ich die Geräte holte, kann ich nicht bewerten — und das macht auch gar nichts. Von Bedeutung ist lediglich, daß ich sie über eine nicht-physikalische Entfernung von dreißigtausend Jahren herholte.«

John und Vez starrten ihn an, bis er lächelte. »Nehmen Sie es nicht zu schwer, Freunde. So wie ich die Dinge sehe — vielleicht auch nicht ganz korrekt —, haben die Klee die Zeit teilweise besiegt. Sie konnten nicht in ihre Vergangenheit reisen, aber sie konnten ein Objekt, und sogar ein sehr großes, zeitlos bestehen lassen, zumindest über kürzere Perioden. Und sie konnten Objekte zeitlich vorverlegen — obwohl ich glaube, daß sie ihre Untersuchungen über dieses Phänomen noch nicht abgeschlossen hatten, als sie von etwas heimgesucht wurden. Sie richteten Depots mit den entsprechenden Maschinen ein, um Vorräte in einer von ihnen weit entfernten Zukunft zu produzieren. Auf einer Rundreise stolperte ich über einige versteckt deponierte Instruktionen und über mindestens zwei unbemannte Sonden, die in ihre ferne Zukunft reichen, was in diesen Fällen fast unsere Zeit ist. Die anspruchsvollere Sonde nenne ich das Vivarium. Es ist ungeheuer groß. Dieses Schiff wirkt daneben wie ein Zwerg. Dort leben Ihre Frauen, John Braysen, und dort befindet sich das große Lager von Klee-Geräten, das ich Ihnen, Vez Do Han, versprach.« Der Omniarch machte wieder eine Pause. »Die Geräte, die ich über dem trockenen Planeten abrief, stammen aus einem anderen Depot, das die Klee für eine beabsichtigte Expedition zum Vivarium angelegt hatten. Wir müssen annehmen, daß diese Expedition niemals ausgeführt wurde oder in einer Katastrophe endete, da sie keinerlei Spuren hinterließ und von diesem Depot nichts bezog, obwohl sie sich natürlich auch an andere Depots gehalten haben könnte.« Er lächelte. »Irgendwo, Freunde — eigentlich sollte ich sagen irgendwann — wird ein Depot gewissenhaft arbeiten, um für jene Expedition Vorräte zu fertigen. Vielleicht sind noch Klee am Leben. Vielleicht haben wir unter ihnen durch das Abrufen dieser Vorräte die größte Aufregung verursacht. Wenn dies der Fall ist, wissen sie nicht genau, ob es wirklich ihre Expedition ist, die die Vorräte abruft. Vielleicht haben sie sich auch damit abgefunden, daß ihre Depots in der fernen Zukunft von Fremden genützt werden. Sie können es niemals erfahren. Nur ihre ganz entfernten Nachfahren könnten es erfahren, aber anscheinend gibt es keine.«

John fand seine Sprache als erster wieder. »Dieses Vivarium, auf dem unsere Frauen sein sollen — ist es wirklich durch die Vul gefährdet?«

»Ja, John Braysen, aber sie können es nicht finden, bevor sie nicht mich und mein Wissen gefangen haben. Denn es befindet sich nicht in ihrer Gegenwart. Ich besuchte es zweimal, und das letztemal schickte ich es — besser gesagt, ich hielt es — in ihrer und unserer Vergangenheit. Diese Bezeichnungen sind nur sehr unzureichend — beide sind durch wesentlich mehr als eine bestimmte Frist getrennt. Sie sind wie zwei parallele, doch getrennte Ebenen, die sich lotrecht nacheinander entlang einer Geraden bewegen, die wir als Zeit bezeichnen.«

»Sie hielten es in der Zeit zurück?« fragte Vez ungläubig.

»Ja, wie ich Ihnen sagte. Das ist möglich.«

Johns Puls begann rascher zu schlagen. Zornig starrte er den Chelki an. »Heißt das, daß die Frauen für uns unerreichbar sind?«

»Unerreichbar aus unserer Gegenwart, ja. Solange sie dort bleiben, sind sie vor den Vulmoti völlig sicher. Aber ich kann und muß Ihre Frauen und das ganze Vivarium in unsere Gegenwart bringen, weil ich das Vivarium für meine eigene Rasse brauche.«

»Sie sagen, Sie hielten das Vivarium zurück. Wenn ich verstehe, was Sie meinen, wie gelangten dann Sie in unsere Gegenwart zurück?«

Der Chelki gab ein Geräusch von sich, das einem Kichern ähnlich kam. »Lassen Sie das Paradoxe dieser Situation auf sich beruhen, Vez Do Han. Meine Rückkehr verlief ganz einfach, obwohl ich gestehe, daß ich sehr unter der Ungewißheit litt. Dieses Fernsteuerungsgerät war bereits in meinem Besitz. Ich ließ es hier, in unserer Gegenwart meine ich, und hatte es dazu eingestellt, daß es das kleine Schiff, das ich für diese Reise benützte, zu einer bestimmten Zeit zurückrief. Es funktionierte — und ich bin hier.«

Seine Zuhörer schwiegen benommen. »Wie weit in der Vergangenheit befinden sich unsere Frauen und das Vivarium?« fragte John endlich.

Die dunklen, tiefliegenden Augen des Omniarch glitzerten. »Ungefähr sechs *doleks*, also ungefähr dreizehn Minuten und fünfzehn Sekunden. Aber sie können sich durchaus in einer anderen Galaxis befinden.«

Vez Do Han verbrachte einige Zeit in *Bertas* Kommunikations-Zentrum. Als er in den Hauptkontrollraum zurückkehrte, grinste er breit. »Meine Vorgesetzten und unsere Regierungsmitglieder warfen einen kurzen Blick auf die Klee-Artefakte von diesem unfruchtbaren Planeten, worauf sich die Lage schlagartig änderte. Natürlich möchten wir einen totalen Krieg mit den Vulmoti vermeiden, aber ich bin berechtigt, so gut wie alles zu entscheiden, um in den Besitz der versprochenen Klee-Artefakte zu gelangen. Außer meiner Elite-Schwadron wird die Regierung sämtliche im Ausland gebauten Schiffe, die wir in der jüngsten Geschichte erbeuteten, zur Verfügung stellen, und zwar zwei große Schiffe vom Typ *Luna*, über dreißig Kreuzer und an die hundert verschiedene kleinere Schiffe.«

»Wann werden diese Streitkräfte hier sein?« fragte der Omniarch.

»In fünfzig bis sechzig *doleks*«, antwortete Vez. »Sobald sie geladen haben, was nötig ist.«

Der Omniarch scharrte mit seinen Füßen. »Dann muß ich vorschlagen, daß wir vorausfahren und nur ein Schnellboot hierlassen, das ihnen den Weg zu uns weisen wird. Wir können nicht länger warten.«

Vez schien von dem Vorschlag nicht sehr begeistert. »Wir werden selbst zwanzig *doleks* brauchen, um startklar zu sein! Und wir brauchen die Munition, die meine Leute mitbringen werden!«

»Wenn es unbedingt nötig ist, können wir in der Nähe des von mir geplanten Rendezvous noch ein zeitlich früheres arrangieren. Aber ich bestehe darauf, so bald wie möglich zu starten.«

Seufzend willigte Vez ein. »Also schön. Wo wird dieses

neue Rendezvous sein?«

Der Omniarch nannte die Koordinaten. Sie lagen weit draußen in den spärlich bevölkerten Regionen zwischen Spiralarmen, fast so weit entfernt wie das äußerste Ende des Bizh Reiches. Vez ging, um seine Streitkräfte zu informieren.

Als er den Raum verlassen hatte, begann der Omniarch zu sprechen. »Ich weiß nicht, wie groß die Flotte sein wird, auf die wir treffen. Die auf vielen hundert Welten lebenden unterdrückten Chelki wurden aufgefordert, sich sämtliche Raumschiffe zu beschaffen, die sie bekommen konnten, und zu einem bestimmten Rendezvous zu kommen. Einigen wird es nicht gelingen, und ich fürchte, daß die Vulmoti von dem Plan so zeitig erfuhren, daß sie viele Welten gewarnt und den Chelki-Aufstand teilweise schon von vornherein unterdrückt haben. Millionen Chelki werden bei dem Versuch sterben, Millionen wird man in Gefangenenlager schicken. Und auf die wenigen Entkommenen wird eine gnadenlose Jagd beginnen.« Er brütete eine Weile vor sich hin und fuhr dann fort. »Wir können nicht wie Ihre Rasse oder andere Hominide zerstreut und in kleinen Gruppen leben. Wir brauchen das Bewußtsein, innerhalb einer geschlossenen Kolonie zu leben, einer kontinuierlichen Vergangenheit, Gegenwart und Zukunft. Die Bedürfnisse haben unsere Suche nach der Freiheit so kompliziert gemacht.«

John fiel es an dieser Stelle zum erstenmal auf, daß der Chelki alle hominiden Rassen für sehr anpassungsfähig hielt.

»Ist denn dieses Vivarium groß genug, um die Millionen Chelki aufzunehmen?« fragte John.

»Ja, es ist groß genug, John Braysen. Und seine maschinelle Ausrüstung ist überwältigend. Ich verbrachte viele Stunden vor diesen Maschinen. Ich schaute sie einfach nur an; dann wagte ich ein paar ganz kleine Experimente. Stundenlang habe ich über die Apparate nachgedacht, doch ich habe bis jetzt nur winzige Einblicke erzielt. Selbst die Methode, mit deren Hilfe ich mein Volk in Sicherheit bringen will, ist mir noch fast völlig rätselhaft. Ich habe versucht, eine Gruppe qualifizierter Chelki-Techniker zu versammeln, die gemeinsam mit mir das Vivarium studieren sollen. Ich weiß nicht, wieviele unser Rendezvous erreichen werden. Und selbst wenn es mir gelungen ist, das Vivarium aus der Vergangenheit zu holen, bleibt noch die riesige Aufgabe zu bewältigen, meine Leute an Bord des Vivariums zu bringen.«

Nach einer Minute fragte John: »Vielleicht wollen Sie mir aus Sicherheitsgründen nicht sagen, wohin Sie Ihre Leute bringen wollen? Ich nehme doch an, daß das Vivarium in Null reisen kann.«

»Ich hoffe, ich kann das Vivarium mit meinem Volk in die ferne Zukunft bringen.«

»Und was werden Sie tun, wenn etwas schiefgeht? Wenn Sie die Maschinen nicht so bedienen können, wie Sie sich das vorstellen?«

»Dann«, antwortete der Omniarch, »wird es für die Chelki keine Freiheit mehr geben. Ich und mein Nachfahre hier, der Große Chelki von Akiel, werden uns einfach vergiften.«

18

Die *Berta* raste durch Null. John, Bart Lange und die beiden großen Chelki standen vor dem auf Federn montierten Armaturenbrett. Auf der optisch vorgetäuschten transparenten Kugel gruppierten sich gelbe Lichtzeichen locker um das Zentrum — es waren die zahlreichen Schiffe, die die *Berta* begleiteten, Johns winzige Flotte einschließlich der *Luna,* Vez Do Hans Elite-Schwadron und die vielen verschiedenen Schiffe, die Vez' Vorgesetzte geschickt hatten. Fünfzehn Minuten früher hätte man diese Punkte alle dicht beisammen sehen können (auf dem normalen Massedetektor), denn sie hatten sich an einem Rendezvous-Punkt getroffen, um Vorräte und Munition auszutauschen. Nun befanden sie sich voll ausgerüstet auf dem Weg zum zweiten Rendezvous.

Bart Lange trat näher an das Armaturenbrett heran und

drehte an etlichen Knöpfen. Die Punkte um den Mittelpunkt der Kugel schrumpften zusammen, und am Kugelrand erschien ein diffuser Lichttropfen, der aus vielen winzigen Punkten bestand. Das mußten die entkommenen Chelki sein — eine wahrhaft riesige Völkerwanderung.

Bart wandte sich plötzlich an den Omniarchen. »Sagen Sie uns, warum ist dieses Schaltbrett auf Federn montiert?«

Der Omniarch schien ihn zunächst gar nicht verstanden zu haben. »O, das sind keine Federn, sondern Nichtleiter.« Er berührte mit seiner behaarten Hand die Kante des Schaltbretts. Sofort begannen die Zeiger zu zittern, die Lichter flakkerten und die Lichtpunkte irrten durcheinander. »Sehen Sie? Indem ich das Bord berühre, ändere ich seine Energieladung. Es handelt sich nicht um elektrische Energie, aber um ein verwandtes Phänomen. Der ganze Apparat muß unter hoher Spannung stehen, damit seine Instrumente arbeiten. Und deshalb diese Isolatoren aus einem besonderen nichtleitenden Kunststoff.«

»Warum wird die Aufladung dann nicht durch die Luft abgeleitet?« fragte Bart aufgeregt.

Selbst in dieser Situation war der Chelki imstande, zu lächeln. »Es ist keine elektrische Energie, wie ich schon sagte.« Dann wandte er seine Aufmerksamkeit wieder dem Null-Massedetektor zu. »Aus dieser Entfernung können wir nicht sehen, ob es meinen Leuten gelungen ist, bewaffnete Schiffe zu erbeuten, oder ob es sich vorwiegend um Frachtschiffe handelt. Eines werden wir jedoch sehen, wenn es eintreten sollte: Wenn die Vulmoti auftauchen, werden sich meine Leute zerstreuen. Dann müssen wir sie wiederfinden.« Er sah John an. »Wenn die Schiffe aus Null kommen, werden sie einen großen Sicherheitsabstand einhalten müssen, das heißt, die ganze Chelki-Flotte wird einen Raum von einer oder mehreren Millionen Kilometer im Durchmesser einnehmen. Nachzügler werden eintreffen. Wie wollen Sie einen solchen Zug begleiten?«

John hatte darüber nachgedacht. Er stellte sich eine große

Schafherde vor, die nur von einigen Hirten und Hunden begleitet wurde, in einem wilden Land, wo Wölfe und Kojoten lauerten. »Nun, ich schlage vor, daß wir sie bei unserer Ankunft zu einer Kolonne ordnen, die sich mit Grav-Antrieb auf den Zielort zubewegt. Auf diese Weise werden die Nachzügler noch im Detektorbereich auftauchen und können sich anschließen. Wir setzen den größten Teil unserer Streitkräfte plus die bewaffneten Schiffe, die Ihre Leute bringen, an die Kolonnenspitze. Auf diese Weise sind wir gleich in der Nähe eines jeden Vul-Schiffes, das vor der Kolonne aus Null auftauchen sollte. Zu beiden Seiten der Kolonne werden wir Patrouillenboote postieren.«

»Aber wenn sich die Schiffe in einer Kolonne bewegen, dann kann es geschehen, daß einige Nachzügler direkt vor der Kolonne aus Null kommen«, warf Bart ein.

»Ich nehme an«, sagte John mit einem Blick auf den Omniarch, »daß hierfür bestimmte Vorkehrungen getroffen sind.«

»Um plötzlich auftauchenden Suchtrupps der Vulmoti zu entgehen, hatte ich geplant, daß sich die versammelnden Schiffe in kurzen Null-Sprüngen der Reiseroute nähern — und zwar seitlich zu dieser und in ziemlicher Entfernung«, antwortete der Omniarch.

John nickte. »Ein paar kleine Fehler, ein paar Schiffe, die nicht alle Botschaften erhielten — und wir haben das größte Durcheinander.«

»Zweifellos«, meinte der Omniarch niedergeschlagen. »Ich fürchte, wir können Tragödien nicht vermeiden. Auf jeden Fall wollen wir versuchen, sie so klein wie möglich zu halten.« Wieder sah er auf die Kugel. »Nur noch kurze Zeit, dann werden wir aus diesem unerträglichen Wartezustand erlöst sein.«

Break-out!

John versuchte, den Massedetektor und die Datenschirme gleichzeitig zu beobachten. Zweitausendzweihundertsiebzig Schiffe in normaler Reichweite, und ihre Zahl nahm ständig zu! Zweitausenddreihundert plus ... zweitausendvierhundert ...

Die Zahlen auf dem Datenschirm nahmen noch immer zu, aber nicht mehr so rasch wie anfangs. Minuten, eine Viertelstunde, eine ganze schleppten sich hin. Die Zahl wuchs nur mehr ganz langsam, bis schließlich eine ganze Minute ohne Zunahme verstrich. Wieder kam ein Nachzügler dazu. Zwei Minuten ... ein weiterer ... drei Minuten ... zwei zusätzliche Lichtpunkte mehr ... drei Minuten ... zwei Lichtzeichen erscheinen gleichzeitig ...

»Sie müssen eine Frist setzen«, sagte John beunruhigt.

Die dunklen Augen des Omniarchen ruhten auf ihm. »Wir haben die Frist bereits überschritten. Es kamen weit weniger Schiffe als ich erwartete. Wir werden jetzt starten.«

John warf einen besorgten Blick auf den Massedetektor für große Entfernungen. Bis jetzt hatten sich keine Vuls sehen lassen, oder sie steckten irgendwo zwischen den Schiffen. Wie sollte man das wissen? Alle Chelki waren in Vul-Schiffen gekommen. Wieviele Spione waren darunter? »Wir werden ein Schiff hierlassen, um weitere Nachzügler nachzuschicken.«

»Wenn Sie das nicht für zu gefährlich halten, John Braysen.« Der Omniarch stand vor einem Funkempfänger, über den er auch ein Computerschaltbord bedienen konnte. Murmelnd drangen die Stimmen der Chelki aus dem Radio. Die Piloten und Kommandanten der Schiffe berichteten und lieferten Informationen. Es würde noch eine Weile dauern, bis in dieses Meer von Schiffen ein wenig Ordnung kam.

»Stellen Sie zunächst fest, wieviele kampfbereite Schiffe sie haben und von welcher Klasse«, sagte John. »Und bestimmen Sie ein Schiff, das für die Nachzügler zurückbleiben soll.«

»Ich habe bereits einen schweren Kreuzer mit kompletter Radio- und Sensorenausrüstung mit dieser Aufgabe betraut.« Dann sprach der Omniarch einige Worte in Chelki ins Mikrophon, lauschte und wandte sich wieder an John. »Elf Kriegsschiffe, John Braysen, und dreiundzwanzig bewaffnete Aufklärer, allerdings haben sie nur wenig Munition.«

Wenn die Vuls auftauchten, wär es für sie keine sehr große Hilfe. »Legen Sie die Schiffe in ziemlich dichter Formation um die *Berta*. Sie können sich mit ihnen über schwache Radiostrahlen unterhalten, ohne alle anderen Schiffsbesatzungen zu verwirren. Ich kann keine Koppelungsprogramme in ihre Computer speisen; Sie müssen deshalb alle Befehle mündlich übermitteln. Und Sie müssen ihre Schiffe selbst steuern.« John beugte sich über das Gitter seiner Bordsprechanlage. »Damiano?«

»Ja, Sir.«

»Unterstütze den Omniarchen so gut du kannst beim Halten des Funkkontakts mit den Chelki-Einheiten.«

»In Ordnung, Sir.«

Johns Augen huschten über Schirme und Instrumente. Er erfaßte das Schiff, das zurückbleiben sollte. Die Kolonne hatte sich noch längst nicht richtig formiert.

Plötzlich erschienen neue Lichtzeichen auf einem Schirm. »Objekt aus Null! Objekt aus Null!«

Bart hatte den Massedetektor auf kurze Entfernung eingestellt und lehnte sich, plötzlich ganz schwach in den Knien, gegen den Apparat. Ein Lichtzeichen — das Nachhut-Schiff — schoß wie wild hin und her. Über ein Dutzend anderer Punkte verfolgten es, schnitten ihm den Weg ab und kreisten es mit tödlicher Routiniertheit ein. Von Zeit zu Zeit tauchten kleinere Lichtzeichen auf und gingen sofort in Grav-Antrieb über. Auch sie waren verspätete Chelki-Schiffe, die nun um ihr Leben rannten.

Sobald das Nachhut-Schiff vernichtet war, wandten sich die Vul-Schiffe den letzten Nachzüglern zu, die einer nach dem anderen verschwanden, da ihnen die Vul-Schiffe in Null nacheilten, sich ihnen in den Weg stellten und sie zerstörten.

Einer der späten Nachzügler konnte ohne ein Vul-Schiff auf den Fersen entkommen. Er verschwand in Null — aber wohin? An dem verlassenen Rendezvous-Punkt war niemand mehr, der diese Chelki weiterleiten konnte. Sie waren verloren — isoliert von ihrer Rasse wie ein paar Ameisen, deren Hügel zerstört worden war.

Die Zeit schlich dahin. Der Schwarm von Lichtpunkten rings um das Zentrum des Massedetektors (sie reisten jetzt in Null) dehnte sich zunehmend aus. Das war völlig in Ordnung, denn außer der *Berta* bewegten sich alle anderen Schiffe in Null völlig blind. Oberstes Gebot hieß für sie im Augenblick: Abstand halten bis nach dem nächsten Break-out.

Die Chronometernadel rückte auf die Null-Markierung zu. Jedermann im Kontrollraum hielt den Atem an. Noch ein paar winzige Zeigerschritte und . . .

Break-out!

Die Bildschirme zeigten eine einzige Lichtfläche, so viele Punkte drängten sich darauf. Aus dem Radio drang Englisch, Hohdan, Chelki. Ein Hupsignal ertönte. John kontrollierte die Instrumente und stellte sicher, daß sie das zu nah herangerückte Schiff nicht rammten. Der Omniarch sprach aufgeregt ins Mikrophon, dann wandte er sich an John. »Zwei Schiffe trafen an sich überlappenden Stellen aus Null aus und gingen verloren. Einer der leichten Kreuzer meldet, sein Feuerleitcomputer sei defekt.«

»Lassen Sie ihn eine abgelegene Position einnehmen für den Fall, daß sich ein Schuß löst«, befahl John hastig.

»Ist bereits geschehen, John Braysen.«

Wieder dieses hoffnungslose Chaos — die in Null so weit voneinander getrennten Schiffe rückten nun wieder zusammen. Voll Sorge beobachtete John den Massedetektor. Vielleicht hatten die Vul einen Chelki lebendig zu fassen bekommen und ihm irgendwie die Lage des neuen Rendezvous' entlockt. Er sah auf einen Bildschirm, der den äußeren Spiralarm zeigte. Im Geist sah er von dort feindliche Flotten in Null auf sich zustürmen.

Der Omniarch legte das Fernsteuerungsgerät auf den Boden und kniete davor nieder. Vorsichtig begann er, an verschiedenen Knöpfen zu drehen. John hatte das Gefühl, er müßte laut schreien. Der Omniarch hob den Kopf ein wenig, pumpte seinen tonnenförmigen Körper voll Luft und — seine großen, behaarten Hände zitterten.

Beeil dich!

Stundenlang schien er zu knien auf seinen vier kreuz und quer ineinandergeschachtelten Beinen, mit seinen langsamen, fummelnden Händen über den Schaltern und Knöpfen und seinen halbgeschlossenen, tiefliegenden Augen. John sah auf die Uhr. Seit siebzehn Minuten saß er nun schon da!

»Wie lange dauert es noch?« platzte John heraus.

»Zwei Minuten vielleicht.«

John wartete, sah auf die Uhr, wartete weiter. Noch nie war Zeit so langsam vergangen. Eine Minute ... fünfzig Sekunden ... Er verließ seinen Platz und ging zu dem isolierten Massedetektor hinüber. Nichts, natürlich. Sie waren nicht in Null. Er trat an den normalen Massedetektor. Ein Punkt am anderen. Was erwartete er?

Vier Sekunden! Drei ... zwei ...

Der Zeiger erreichte die Markierung und glitt weiter ... eine Sekunde ... zwei ... drei. Nichts geschah. Johns Magen verkrampfte sich, drehte sich um. Etwas war schiefgegangen!

Und dann geschah es plötzlich, lautlos, ohne jede Vorwarnung. Der ganze Kontrollraum — Fußboden, Spanten, Decke, Instrumente, Schalter, Hebel, jeder lebendige Insasse — alles war überhaucht, gebadet in einen rötlich-violett schimmernden Glanz.

John erstarrte. Eine tödliche Strahlung! Gleich würde er die Verbrennungen spüren, den stechenden Schmerz, das Reißen verkrampfter Muskeln. Aber alles, was er empfand, war Furcht — Furcht, die wie ein kalter Stein an der Stelle seines Magens saß.

»Nur ein Energieüberlauf«, sagte der Omniarch ruhig. »Innerhalb einer Million Kilometer wird alles in dieser schönen Farbe erglühen. Achten Sie auch auf die vorderen Bildschirme!«

Und noch während er sprach, zeichnete sich auf den Schirmen — ein Umriß? — nein, eine Gestalt ab. Undeutlich hörte er jemand über Funk rufen — Ralph Cole, dachte er und ging an seinen Platz hinüber. »Hallo, Cole — weshalb schreist du denn so?«

»Kommodore! Es ist fast dreihundert Kilometer lang und hundert im Durchmesser! Aber der Massedetektor —«

Das Hupsignal kam verspätet. John schaltete es automatisch aus. Die eigentliche materielle Masse dieses Dings mußte langsamer gewesen sein bei der Materialisierung. John schüttelte benommen den Kopf. In diese Gegenwart, hatte der Omniarch gesagt.

Aber nun war es hier. Alle Sensoren berichteten darüber. Der Omniarch sprach ins Mikrophon und deutete kurz mit seinem haarigen Finger auf einen Bildschirm. John sah einen Lichtpunkt auf den zylindrischen Koloß zuschießen. »Cole!« rief John. »Richte ein Fernrohr auf das Chelki-Schiff!«

Minuten später berichtete Cole: »Kommodore, am Ende dieses Dings muß sich eine Öffnung befinden, durch die das Schiff aufgenommen wurde!«

Vez Do Han war schon eine ganze Weile ungeduldig im Kontrollraum auf und ab gegangen, doch nun trat er dem Omniarchen gegenüber. »Ich verstehe selbstverständlich Ihre Besorgnis um Ihr Volk. Meine Aufgabe hier ist es jedoch, die Klee-Artefakte zu holen. Wann und wie werden Sie Ihr Versprechen einlösen?«

Der Omniarch wirkte trotz allem amüsiert. »Sobald das erste Aufklärschiff zurückkehrt und meldet, daß alles klar ist, werden die Schiffe mit meinen Leuten einlaufen. Sie werden sich denken können, daß die Verteilung einige Zeit in Anspruch nehmen wird und daß es trotz des großen Innenraums in diesem Zylinder erhebliche Verkehrsstauungen geben wird. Aber sobald wir mit dem Einlaufen beginnen, können auch Sie Schiffe schicken und mit dem Transport der Artefakte beginnen. Gleichzeitig kann natürlich auch John Braysen mit der Verschiffung der Frauen beginnen. Da wären noch zwei Dinge, die ich zu erklären habe: Der Abschnitt, in dem die Frauen leben, kann nur mit einem Aufklärer oder kleineren Schiffen erreicht werden — und Ihnen, Vez Do Han, werde ich nur einige *doleks* widmen können, um Sie herumzuführen und in der Anwendung der Artefakte zu unterweisen.«

»Kommodore! Das Schiff ist wieder draußen!« meldete Ralph Cole. John warf dem Omniarchen einen vielsagenden Blick zu. Der Omniarch sprach bereits wieder über Funk mit seinen Chelki, dann wandte er sich aufgeregt an John. »Die meisten Frauen leben und sind gesund. Leider muß ich Ihnen mitteilen, daß einige inzwischen gestorben sind. Ich schlage vor, wir nehmen einige Ihrer Aufklärer und suchen sofort das Vivarium auf!«

Der Omniarch und Vez verließen die *Berta* getrennt, jeder in einem bewaffneten Aufklärer. John, Fred Coulter und vier weitere Männer schossen in ihrem Aufklärer auf die Öffnung zu, die in dem hundert Kilometer breiten Ende des Vivariums winzig wirkte, obwohl sie es nicht war.

Die Kammer im Inneren war so groß, daß sie das Gefühl hatten sich im — allerdings sternenlosen — Weltraum zu befinden. Dann leuchteten in einiger Entfernung Positionslichter von Schiffen auf, die bereits eingelaufen waren. Die stärkste Anhäufung dieser Lichter befand sich vor einem schwach beleuchteten Schott, in das unzählige Druckluftschleusen eingebaut waren. Sie glitten in eine der Schleusen und hatten das Gefühl, wie Zwerge in einem Dom zu stehen. Auch das lähmende Warten auf den Druckausgleich entfiel. Sie glitten einfach durch die innere Luke der Schleuse, die ihnen ein Chelki öffnete — und befanden sich im inneren Mittelpunkt des Vivariums.

Fred Coulter, der im Kopilotensitz saß, schaltete die Suchscheinwerfer ein — nichts bis auf ein Schiff, das sich in einiger Entfernung vor ihnen bewegte. John schaltete das Radio ein. »John Braysen ruft Omniarch. Sind Sie das vor uns, Omniarch?«

»Stimmt, John Braysen«, kam die Stimme des Omniarchen sofort zurück. »Das heißt, sofern mein Techniker Ihren Radiostrahl genau lokalisiert hat. Wie fühlen Sie sich? Wäre es Ihnen jemals in den Sinn gekommen, daß Sie sich innerhalb einer Sonne aufhalten könnten?«

John runzelte die Stirn. »Das verstehe ich nicht ganz.«

»Dieser Schacht, in dem wir uns befinden, geht mitten durch einen größeren Schacht. Die äußere Oberfläche des größeren Schachts strahlt Licht, Wärme und geringe Energien in die einzelnen Segmente des Vivariums. Diese Segmente sind flache, nebeneinandergelagerte Zylinder, wobei der Sonnenschacht entlang ihrer Achsen verläuft. Das ›Sonnenlicht‹ variiert für die einzelnen Segmente. Können Sie es sich vorstellen?«

John versuchte es. »Undeutlich. Aber außerhalb dieses Schiffes ist keine Wärme!«

»Nein, John Braysen, dazu ist die Isolierung zwischen den Schächten viel zu gut. In diesem Zwischenraum befinden sich außerdem die ganzen technischen Anlagen des Vivariums einschließlich beweglicher Reparatureinheiten, Energie-Umformer, Treibstoffvorräte, der Null-Aggregate und des Apparats für die Zeitreisen. Und hier wird Vez die Artefakte finden, die ihn so glücklich machen werden.« Er lachte glucksend. »Ich muß mich beeilen, John Braysen, aber in wenigen Augenblicken werden Sie von einer Seite des inneren Schachtes ein Radiosignal empfangen. Ich habe dort ein Schiff stationiert, um für Sie die Schleuse in das Segment, wo Ihre Frauen leben, zu öffnen. Ich schlage vor, daß Sie vor der inneren Luke jener Schleuse vorsichtig zur Landung ansetzen — die Schwerefeldverhältnisse sind dort ein wenig merkwürdig. Außerdem wollen Sie Ihre Frauen ja nicht erschrecken.«

19

Sie gelangten in einen langen Gang, der für das kleine Schiff eben breit genug war. Zu beiden Seiten befanden sich Luken, die in den beschriebenen Zwischenraum führen mußten. Eine weitere Luftdruckschleuse — und sie waren in ihrem Segment.

Erst als sie sich einige Kilometer von ihrem Ausgangspunkt entfernt hatten, konnten sie das ganze Segment in seinen riesigen Ausmaßen überblicken.

Die beiden flachen Wände, ungeheuer große Scheiben aus Metall, lagen etwas über fünfzig Kilometer auseinander. Die Achse, die zwischen den Mittelpunkten der beiden Wände verlief, glich einer langen Röhre (wenn man so einen Gegenstand, der über einem Kilometer dick war, noch als Röhre bezeichnen konnte). Nur das kleine Teil an dem Ende, wo sie aufgetaucht waren, lag im Dunklen. Auf den übrigen fünfzig Kilometern erstrahlte die eine Seite der Röhre in gleißendem Licht. Das war die ›Sonne‹. Die in diesem Augenblick nicht strahlende Seite der Röhre schuf so etwas wie ›Nacht‹.

Das ›Land‹ erstreckte sich über die ganze Fläche der den Zylinder umlaufenden Wand. Zwischen ihrem jeweiligen Gegenüber lagen an die hundertzwanzig Kilometer. In der Mitte, als Achse des Zylinders, verlief die ›Röhre‹. An den äußeren Rändern stieg das Land zu Bergen an, während es sich zur Mitte senkte, wo durch die zusammenlaufenden Flüsse eine Art Ozean entstand, der sich wie ein Streifen von allerdings unterschiedlicher Breite rings um die gekrümmte Zylinderwand zog. An den Ufern des Ozeans grünten Wiesen, zwischen die Wiesen und ersten Hügel mischten sich Buschland und Wald. Außer normalen grünen Laubbäumen gab es auch Bäume und vorwiegend Sträucher, die in gelben und hellroten Tönen leuchteten.

Und wenn sie nicht alles täuschte, so lag dort auf den höchsten Erhebungen Schnee. Also sorgte die ›Röhre‹ auch für Jahreszeiten.

Sie flogen jetzt in einer Höhe von sechzehn Kilometern über das Land. Die Instrumente registrierten eine künstliche Anziehungskraft von einem G. John richtete das Fernrohr auf die vom Omniarchen beschriebene Stelle, wo man vor nun beinahe zehn Jahren die Frauen und Mädchen (viele waren noch Kinder gewesen) abgesetzt hatte.

Fred Coulter trat zu ihm. »Sagte der Omniarch nicht irgend etwas von einem Fluß und einem Wäldchen.«

»Ich hab die Stelle«, sagte John gepreßt. Angestrengt blickte er auf den vergrößerten Landschaftsausschnitt. Nichts. Und der Tag ging hier zu Ende. Niedriger . . .

Fred Coulter packte ihn an der Schulter. »Dort! Ein Zelt!«

Auch John sah es. Seine Hände zitterten so, daß er den Computer kaum bedienen konnte.

Bewaffnet mit einer Pistole gegen eventuell angreifende Tiere, ging John über eine Wiese. Das Gras roch wie auf der Erde, die dichten Büsche am Flußufer hatten jedoch eine seltsame safrangelbe Färbung. Fred Coulter, der neben ihm ging, knurrte etwas Unverständliches. In einem Abstand von einigen Metern folgten die anderen Männer.

Sie erreichten das Wäldchen und blieben stehen. Vor ihnen im Schatten lagen Hütten und Zelte, aber keine Menschenseele war zu sehen. Johns Nerven waren zum Zerreißen gespannt. Er schluckte krampfhaft . . . Den Weltraum für ein Dronkügelchen . . . Dann holte er tief Luft und versuchte zu rufen: »Hallo?« Aber nur ein dünnes Krächzen drang aus seinem Hals. Noch einmal. »HALLO!«

Aus einem etwa fünfzig Meter entfernten Dickicht hörten sie einen unterdrückten Schrei, darauf ein helles ängstliches »Hallo?«

Plötzlich riefen die Männer alle durcheinander, John warf seine Pistole fort und rannte los. Das Schreien und Weinen vieler weiblicher Stimmen drang aus dem Wäldchen vor ihnen . . .

Und dann stand die erste Frau sichtbar vor ihnen . . .

Plötzlich war der ganze Lärm verstummt. Zwei Gruppen standen sich gegenüber und starrten sich an. John fühlte einen so brennenden Schmerz in der Brust, daß er an einen Herzinfarkt dachte.

Aus der Gruppe der Frauen drang plötzlich eine leise, ungläubig fragende Stimme. »Fred?«

»Eloise?« stöhnte Coulter.

Die Frau bahnte sich ihren Weg durch die Menge der anderen. Fred rannte ihr entgegen. Als sie sich trafen, prallten sie zusammen und fielen beinahe, aber sie hielten sich gegenseitig fest und umarmten sich so, als würde nichts mehr imstande sein, sie zu trennen.

Alle sahen zu. Niemand regte sich. Doch plötzlich wurden sie alle von einem nicht zu unterdrückenden Schluchzen geschüttelt.

20

Die Verschiffung der Frauen dauerte vier Stunden. John verbrachte diese Zeit größtenteils in *Bertas* Kontrollraum vor dem Massedetektor. Auf dem Ferndetektor zeigten sich zahlreiche verdächtige Punkte, die auf eine ausgedehnte Suchaktion schließen ließen. Offensichtlich hatten die Vul ihre Suche auf diesen Teil des Weltraums beschränkt.

Die Entwicklung der Verhältnisse an Bord hatte dann eine ganz unerwartete Wendung genommen. John konnte es nicht erklären, aber er hatte zusammen mit den anderen das Gefühl, daß alles ganz in Ordnung war. Vez und seine Hohdan-Spezialisten, die jetzt zu *Bertas* Besatzung gehörten, neigten dazu, sich über die Menschen lustig zu machen.

Fred und Eloise Coulter hatten eine kleine Wohnung für sich. Die anderen Frauen und Männer schreckten jedoch vor einem intensiven gemeinschaftlichen Leben zurück. Die Frauen wollten weiterhin als Gruppe in einem für sie hergerichteten Teil des Schiffes leben — und den Männern ging es nicht anders. Natürlich gab es heimliche Liebschaften (manche wurden zu recht unpassender Gelegenheit gestört, was zu schiffsweitem Gaudium beitrug), aber alles in allem zeigte man im Augenblick mehr Ehrfurcht als Leidenschaft für einander. Vielleicht war es eine Folge der langen Enthaltsamkeit, aber es konnte auch instinktives Verantwortungsbewußtsein dahinterstehen.

Jedenfalls gab es keine Rivalitäten, obwohl es beinahe doppelt so viel Männer waren als Frauen.

Der Einzug der Chelki ins Vivarium war inzwischen fast abgeschlossen, und noch war die Suchaktion der Vul ergebnislos geblieben. Aber das war nur eine Frage der Zeit. John und Vez schritten fast unablässig im Kontrollraum auf und ab. Wenn sie gelegentlich unmittelbar voreinander zu stehen kamen, blickten sie sich finster an, kehrten um und setzten ihre Wanderung fort.

Endlich unterbrach Vez dieses Ritual. »Kamerad, wir müssen darüber sprechen.«

John blieb seufzend stehen. »Sie meinen, wie lang wir noch hierbleiben wollen, um das Vivarium zu bewachen — jetzt, nachdem alle Chelki sich dort niedergelassen haben?«

»Sehr richtig. Sie haben Ihre Frauen, und ich habe die meisten Artefakte, die ich an Bord nehmen kann. Unsere Abmachung ist klar und eindeutig; unsere Abmachung mit dem Omniarchen dagegen nur vage. Sind wir gezwungen, unsere eigenen Anliegen auf ungewisse Zeit zu verschieben, während er mit den Maschinen des Vivariums experimentiert?«

John schluckte. Noch immer stellte sich der Drondurst bei ihm ein. »Nun, wir müssen ihm Zeit für seine Arbeit zugestehen. Und ich will ihn jetzt nicht drängeln, zumal ich weiß, daß er sich weder Zeit zum Schlafen noch zum Essen gönnt.«

»Nun schieben Sie nicht mir den Schwarzen Peter zu«, erwiderte Vez gereizt. »Ich schlage ja nicht vor, innerhalb der nächsten zehn *doleks* zu verschwinden. Aber wie lange soll das noch dauern?«

John kämpfte mit seiner eigenen Ungeduld. »Und Sie machen mich bitte nicht zu einer programmierten Antwort-Maschine! Ich will Ihnen was sagen. Obwohl ich seine Zeit nur ungern verschwende, werde ich ihm jetzt über Funk unsere Frage stellen.«

Vez machte ein Gesicht, als würde ihm auch diese Antwort nicht passen.

John konnte zum Innern des Vivariums keinen Fernsehkontakt herstellen, doch die müde Stimme des Omniarchen sprach Bände.

»Ich kann Ihre Ungeduld verstehen, aber ich kann Sie noch nicht erlösen. Meine Lage ist folgende: Ich bin jetzt fast überzeugt, daß ich die Zeitreise-Maschine in Betrieb setzen kann. Aber wir haben etliche Schäden im Innern und Äußeren festgestellt, die wir vor der großen Reise sicherheitshalber beseitigen möchten. Wir arbeiten ununterbrochen, um die Schäden zu analysieren und ihre möglichen Auswirkungen auf die Zeitreise-Maschine. Ich bitte Sie, geben Sie mir mindestens noch zehn Stunden Zeit.«

John und Vez sahen sich an. »Geht in Ordnung, Omniarch«, sagte John. »Und viel Glück.«

Das Wachestehen vor dem Massedetektor begann von neuem. Die Suchtrupps der Vul schienen nicht näher zu kommen. Nach drei Stunden begann John zu hoffen, daß die Vul vielleicht gerade diese Gegend auslassen würden. Warum, das wußte er auch nicht.

Und dann heulte plötzlich die Sirene los.

Rund um das Zentrum des Massedetektors lag plötzlich ein Kranz kräftiger Lichtpunkte! Er warf einen Blick auf die Datenschirme. Eintausendvierhundert plus ... eintausendsechshundert plus ... Bis auf den Flüchtlingszug der Chelki-Schiffe hatte er noch nie eine so riesige Flotte gesehen. Und es waren alles Kriegsschiffe! Er drückte auf Knöpfe, blickte kurz auf Datenschirme, betätigte andere Knöpfe und Schalter. Stimmen drangen aus der Bordsprechanlage in Englisch,

Hohdan und auch Chelki, denn die wenigen Schlachtschiffe der Chelki waren außerhalb des Vivariums geblieben. John konnte nicht viel von ihnen verlangen, nur daß sie dort blieben, wo sie jetzt waren. Er horchte auf die Befehle, die Vez seinen Schiffen gab. Sie waren einfach genug: »Aufladen für Null, alles auf Gefechtsstation, Befehle abwarten.«

Luis Damianos Stimme drang aus dem Empfänger. »Kommodore, haben Sie Zeit, mit dem Omniarchen zu sprechen?«

John zögerte eine Zehntelsekunde. »Ja, verbinde.«

Die Verbindung war äußerst schlecht. »John Braysen und Vez Do Han! Wir haben die Ankunft der Vul-Flotten gesehen. Wir können Sie nicht bitten, gegen eine solche Armada zu kämpfen. Ich bitte nur um ein paar Minuten — zehn bis fünfzehn Minuten, wenn sich das machen läßt. Wir haben uns entschlossen, die Zeitreise-Maschine so zu benützen, wie sie ist. Wenn alles klappt, wird das Vivarium von Ihren Sensoren verschwinden. Dann, Freunde, können Sie abreisen und unseres unendlichen Danks gewiß sein. Wenn es nicht klappt — nun, ich kann Sie nicht bitten, länger zu bleiben. Fünfzehn Minuten sind das Maximum. Sind Sie einverstanden?«

Wieder sahen sich John und Vez an. Das Gesicht des Hohdan zeigte einen seltsamen Ausdruck — vielleicht empfand er ebenso wie John: entschlossen, die fünfzehn Minuten, aber keine Minute länger, auszuharren und dennoch nicht willens, den liebenswürdigen Chelki im Stich zu lassen. Vez öffnete die Faust, das Zeichen der Zustimmung.

»Fünfzehn Minuten. Viel Glück.« Mehr gab es im Augenblick nicht zu sagen.

Dann wandte er sich den wenigen Vorbereitungen zu, die sich für eine so lächerlich unwirksame Verzögerungsaktion treffen ließen. Aber noch bevor er mehr als ein paar Worte an seine Leute übermitteln konnte, drang eine weiche, aber auf große Lautstärke eingestellte Stimme über das allgemeine Radioempfangsgerät. »Vez Do Han? Bitte, antworten Sie, wenn Sie sich irgendwo in diesem Schiffsfriedhof befinden!« plärrte die Vulmoti-Stimme.

Vez blinzelte erschrocken, dann lächelte er John grimmig an und öffnete die Faust. John, ebenso erstaunt wie der Hohdan, verstand: Wenn sie verhandeln wollten, bitte! Vez legte einen Schalter um und beugte sich über sein Mikrophon. »Hier spricht Vez Do Han. Wer will mich sprechen, und warum?«

Aus dem Empfänger kam ein schnurrendes Geräusch. »Mein Name ist Bulvenorg. Bis vor kurzem Generalfeldmarschall der Vulmotischen Rundumverteidigung. Im Augenblick bekleide ich sogar einen noch höheren Rang, der mit der Ausführung meiner Aufgabe, die Sie zweifellos erraten werden, etwas zu tun hat. Wie gefällt Ihnen meine kleine Flottenparade, Hohdan? Übrigens trafen wir uns schon einmal auf einer Konferenz, auf der es um kleine Änderungen in dem Pakt zwischen unseren beiden Reichen ging. Soviel ich weiß, bekleiden Sie eine meinem früheren Rang entsprechende Position.«

»Ich erinnere mich gut, Bulvenorg«, antwortete Vez mit hochmütigem, ruhigem Gesicht. »Auf dieser Konferenz gelang es keinem von uns beiden, sich einen Namen zu machen; aber vielleicht läßt sich das hier nachholen. Ich habe im Augenblick nämlich auch einen Sonderauftrag auszuführen. Ja — und was Ihre vielen Schiffe betrifft. Wenn man das so mit früher vergleicht — ich muß schon sagen: sehr beeindruckend.«

Wieder kam das schnurrende Geräusch über den Lautsprecher. »Und weil wir uns gerade so nett unterhalten — steckten Sie hinter den Angriffen auf die Militärbasen der Bizh? Ich weiß, daß die Ausführenden dieser Überfälle die Überlebenden dieser elenden Menschenrasse waren, deren Planet dumm genug war, einen unserer ziemlich unbedeutenden Vektoren zu stören.« Bulvenorg legte eine kurze Pause ein. »Es kommt mir so vor, Vez Do Han, als befänden sich diese Renegaten bei Ihnen. Würden Sie mir das liebenswürdigerweise bestätigen? Natürlich ist das nur eine Nebensache.«

Obwohl es völlig sinnlos war, ließ John Vez gar nicht erst

zu Wort kommen. »Hier spricht einer dieser Renegaten. Kann ich noch etwas anderes für Sie tun, als Sie umzubringen?«

Für einen Augenblick vernahm man nur das Knistern der Statik. Sogar das Gemurmel aus den anderen Schiffen war verstummt — und John merkte, daß alle diesem Wortwechsel zuhörten. Dann ertönte wieder die Stimme des Vulmoti, diesmal ernst und ein wenig neugierig. »Sind Sie zufällig John Braysen?«

»Wie kommen Sie darauf?«

»Ach, nur so«, seufzte die Vul-Stimme. »Das bestätigt eine meiner Vermutungen. Sie sind ein taktisches Genie, John Braysen. Ich bedaure, daß Ihre Rasse vernichtet wurde.« Nach einer kurzen Pause sprach er wieder zu Vez Do Han. »Niemand wünscht einen Krieg zwischen unseren beiden Reichen, Vez Do Han. Lassen Sie uns einen zivilisierten Kompromiß schließen. Wir werden die kleine, wenngleich verabscheuungswürdige Intrige, die Sie gesponnen haben, vergessen. Ich verstehe den Grund dafür und, wenn Sie noch mehr hören wollen, Sie hatten sogar Erfolg damit. Behalten Sie die paar Menschen, wenn Sie sich zu ihnen hingezogen fühlen oder wenn Sie sie für unentbehrliche Söldner halten. Und behalten Sie ruhig auch die Handvoll unbedeutender Schiffe, die Sie hier versammelt haben.« Pause. »Alles, was ich verlange, ist diese Ungeheuerlichkeit da drüben, auf die wir alle gebannt starren, jeden noch lebenden Chelki und das wahrhaft riesige Schiff, in dem Sie sich vermutlich gerade befinden.«

Vez sah John an und grinste, dann sprach er wieder ins Mikrophon. »Sie fordern von mir eine Beute, die mir nicht gehört. Ich sah nur, daß sehr viele Chelki an Bord verschiedener Schiffe im Inneren dieser Ungeheuerlichkeit, wie Sie zu sagen beliebten, verschwanden und bis jetzt nicht wieder auftauchten. Vermutlich wollen sie dort bleiben. Wie Sie wissen, haben wir kein Verständnis für Sklaverei. Sie können mich also schlecht bitten, Ihnen beim Einfangen der Flüchtlinge zu helfen. Was nun das Schiff betrifft, auf dem ich mich tatsächlich befinde —«

»Vez Do Han«, unterbrach ihn die Vul-Stimme scharf. »Glauben Sie, daß es sich mein Volk leisten kann, nur Ihnen den Zugang zur Klee-Technologie zu gestatten? Also, nun quatschen Sie keinen Unsinn.« Um seine Forderung zu unterstreichen, erschien auf dem Massedetektor und den Radarschirmen eine Raketensalve, die aber sofort abgefangen wurden. Bulvenorg fuhr fort: »Sollten Sie nicht auf meine Forderungen eingehen, so muß ich Ihnen leider mitteilen, daß Sie damit den totalen Krieg gegen Ihr Reich auslösen würden.«

Vez errötete vor Zorn. »Wir sind keine Chelki, Bulvenorg, und auch kein so kleines System wie Sol. Es gibt hier nichts, was ich aufgeben darf. Und Ihre Drohungen —«

Leise, aber für John gut vernehmbar, kam plötzlich Luis Damianos Stimme über die Bordsprechanlage. »Kommodore, der Omniarch rief eben an. Er sagt, er sei fertig. Sie können sofort in Null gehen!«

Johns Herz machte einen Luftsprung. Grinsend winkte er Vez zu. Auf den Bildschirmen sah man die bewaffneten Chelki-Schiffe noch außerhalb des Vivariums. Plötzlich schossen sie auf die beiden Eingänge an den Enden des Vivariums zu. Johns Daumen schwebte über dem Null-Schalter. »An alle Einheiten! Wir gehen in wenigen Sekunden über Zentralcomputerschaltung in Null!«

Vez unterbrach sofort seinen Wortwechsel mit Bulvenorg und wiederholte hastig Johns Befehl in Hohdan für seine Schwadron. Dann öffnete er die Faust — Alles klar.

John drückte auf den Null-Schaltknopf.

Und nichts geschah.

Vez und John starrten sich an. Nur undeutlich vernahmen sie die schnarrende Vul-Stimme aus dem Lautsprecher. Auf den Bildschirmen blitzten die ersten Vul-Salven auf und wurden abgefangen. John sah, daß das Verteidigungspotential bereits fast ausgeschöpft war. Er stanzte ein Programm aus und rief ins Mikrophon: »Wir manövrieren mit Grav-Antrieb. Lokale Verteidigung!« Er drückte noch einmal auf den Null-

Knopf. Wieder keine Reaktion, obwohl alle Instrumente zeigten, daß die *Berta* aufgeladen und nullbereit war. Verzweifelt drückte er auf den Startknopf für die Ausweichmanöver.

Berta rührte sich nicht.

Die Vul-Stimme war inzwischen verstummt, dafür kamen die Vul-Raketen immer dichter heran. Berta erzitterte. Ein Treffer! Aber obwohl Sirenen heulten und Hupsignale blökten, zeigten die Instrumente kein Leck an. Der Lärm im Kontrollraum war jetzt so ohrenbetäubend, daß John kaum die Stimmen aus der Bordfunkanlage hören konnte. Er drehte den Empfänger auf volle Lautstärke. ». . . nicht in Null?« brüllte Ralph Cole.

John überprüfte noch einmal alle Schirme und Instrumente, und plötzlich kam ihm eine entsetzliche Erkenntnis.

Alle seine anderen Schiffe und die Schiffe Vez Do Hans waren verschwunden. *Berta* war allein.

Wieder eine Erschütterung! Eine feindliche Rakete war durch den Abwehrschirm gelangt. Trotz der Panik, die John zu überfallen drohte, war er einen Augenblick lang stolz auf den Kampfgeist seiner Männer. Aber alles war so schrecklich umsonst. Selbst wenn der große Schiffsrumpf den Treffern standhielt, würde die immer größer werdende Hitze das Schiff in absehbarer Zeit zerstören.

»Damiano!« brüllte Vez ins Mikrophon. »Verbinde uns mit dem Omniarchen!«

Die Stimme des Omniarchen drang nur schwach durch den Gefechtslärm. »Bei meiner Ehre, Vez Do Han — ich halte die *Berta* nicht fest! Ich bin so verblüfft wie Sie. John Braysen, hören Sie auch zu? Ich habe nur eine mögliche Erklärung, daß nämlich das Vivarium eine selbsttätige, auf Verteidigung programmierte Maschine besitzt, und daß diese Maschine das Klee-Schiff zum Selbstschutz an das Vivarium fesselt. Wir können uns vor Maschinen und Apparaten kaum —« Der Omniarch brach ab, und man hörte ihn tief einatmen, dann fuhr er fort. »Hören Sie, Freunde, wenn Sie an das Vivarium angeschlossen sind, wird sich dieser Anschluß in knapp zwei Minuten lösen, denn dann werden wir, sofern wir richtig kalkulierten, endlich verschwinden.«

Vez und John blickten gleichzeitig zur Uhr. Der Lärm der Raketeneinschläge und Detonationen ging gleichmäßig weiter. Irgendwo im Schiff brüllte jemand entsetzt und verstummte plötzlich. »Das muß ein Lukendeckel gewesen sein!« schrie Bart Lange.

Langsam wandte sich John einer anderen Instrumentenbank zu. Welche gab über den betroffenen Teil des Schiffs Auskunft? Sein Verstand schien zu streiken. Hier! In einem der Schächte hatte eine Katastrophe stattgefunden. Aber die Luftkanäle hatten sich automatisch geschlossen. Was konnte man nur tun, damit die Zeit schneller verging . . .?

Dann krümmte er sich plötzlich vor Übelkeit. Er taumelte aus seinem Sitz, verlor den Boden unter den Füßen und schlug lang hin.

Einer nach dem anderen rappelten sie sich wieder hoch. »Was ist passiert?« murmelte Bart Lange.

Auch John war noch ganz benommen von dem teuflischen Schwindelgefühl, das diesmal so heftig war wie bei tausend Null-Starts gleichzeitig. Aber er blickte sofort auf die Instrumente. »Vor allem sind wir in Null.« Er ging zu seinem Platz und ließ sich in den Sessel sinken. Dann beugte er sich über das Mikrophon. »Alle Mann, sichert das Schiff, so gut es geht, und schätzt den Schaden ab. Wir scheinen auf das Hohdan-Reich zuzuhalten.«

»Was ist geschehen, Sir. Ich hatte das Gefühl, als —« Es war Luis Damianos Stimme. John klärte ihn auf.

»Ganz offensichtlich hielt uns das Vivarium zurück. Sobald es in Null ging oder, wie der Omniarch sagte, in der Zeit verschwand, waren auch wir frei. So jedenfalls stelle ich mir den Vorgang vor. Wir müssen die Instrumenten-Aufzeichnungen erst noch abspielen. Ja, und die anderen Schiffe gingen pünktlich in Null.« John sah zu Bart Lange. »Wieviele Aufklärer sind an Bord?«

»Vier sind es einmal gewesen —«

»Laß das feststellen.« Eine Bewegung in seiner Nähe ließ ihn herumschnellen. Lisa Duval — sie war die Sprecherin der Frauen — war in den Kontrollraum gekommen. Sie sah etwas blaß aus, schien aber sehr gefaßt zu sein. »Geht es euch Mädchen einigermaßen?«

Sie nickte langsam. »Wir hatten nur fürchterliche Angst. Was war denn los?«

»Es wird eine Weile dauern, bis wir es genau wissen«, antwortete John. »Aber wir sind noch einmal davongekommen.«

Bart Lange winkte John an den Null-Massedetektor und deutete auf einen bekannten, blau-violetten Punkt in der Nähe des Zentrums der simulierten Kugel. »Da ist es. Vielleicht ist es aber auch nur die Stelle, wo sie waren.« Er kicherte und wies dann auf verschiedene, stark verschwommene Lichtpünktchen. »Die Vul haben sich in kleine Gruppen aufgeteilt. Wahrscheinlich machen sie sich erneut auf die Suche.«

Vez gesellte sich zu ihnen. »Solange sie dort draußen bleiben, greifen sie das Hohd-Reich nicht an«, sagte er ernst. »Wir werden lange vor ihnen zu Hause sein, und wir werden bereit sein, wenn sie ihre wahnsinnige Drohung verwirklichen wollen.«

Seit die Erregung nachgelassen hatte, spürte er wieder den Drondurst. Er würde ihn aushalten müssen, denn jetzt konnte er sich keinen Alkoholrausch leisten. Er sah Lisa Duval nach, die den Kontrollraum verließ, um den Frauen Bericht zu erstatten. Dann ging er langsam zu seinem Platz zurück. »Ihre Schiffe werden vor uns zu Hause ankommen. Sind Sie einverstanden, wenn wir direkt zu dem Planeten reisen, den Sie uns gaben? Vielleicht sollten wir ihn nur als Stützpunkt benützen, bis wir einen anderen Planeten gefunden haben, der noch weiter von hier entfernt ist.«

»Natürlich. Aber ich werde eines Ihrer kleineren Schiffe brauchen.«

John öffnete ganz automatisch die Faust. Dann sah er müde

nach der Uhr. Noch weitere zwei Stunden und fünfzig Minuten.

Die Zeit kroch dahin, wie nur Null-Zeit kriechen konnte, doch schließlich waren es nur noch zehn Minuten bis Breakout. Bart Lange stand vor dem Null-Detektor. »Die Schießerei muß dieses Gerät doch irgendwie gestört haben. Ich kann nicht einmal die Sonne dieses Planeten finden.«

»Kannst du denn wenigstens die doppelten Binärsterne finden? Von dort aus können wir navigieren.«

»Ja, aber selbst die sehen nicht normal aus. Ich kenne doch diese Ecke des Weltraums ganz gut . . .«

»Wir werden uns auch ohne Instrumente zurechtfinden. Ich kenne diese Region wie meinen Hinterhof«, warf Vez Do Han ein.

Sie fanden den grünen Planeten, aber es dauerte länger als sie erwartet hatten.

Break-out.

Vorsichtig tauchte John mit der *Berta* in die Atmosphäre ein, glitt auf die Nachtseite und suchte über Radar den kleinen See und die Wiese. Stirnrunzelnd ging er tiefer. Wenigstens einer der vier Männer dort unten könnte wach sein, um seinen Radioruf zu beantworten.

Er ging noch tiefer und schaltete die Suchscheinwerfer ein. Die Dinge dort unten sahen gar nicht gut aus.

Erst am Morgen bestätigten sich ihre Vermutungen. Kein Aufklärer war zu sehen, obwohl sie einen hiergelassen hatten. An der Stelle eines kleinen Raketenvorratslagers lagen vereinzelte Metallstücke, die zum Teil schon von grünen Ranken überwuchert wurden. Keine Spur deutete darauf hin, daß hier einmal eine Hütte gestanden, daß hier einmal Menschen gelebt hatten.

Langsam drehte sich John zu Vez um. »Ich glaube, wir sollten so rasch wie möglich eine zivilisierte Welt aufsuchen — wenn es überhaupt noch eine gibt.«

Vez zeigte keine Reaktion. Dann öffnete er langsam seine Faust.

21

Nachdem die *Berta* einen friedlich aussehenden Planeten einige Stunden lang in großer Höhe umkreist hatte, kam Vez Do Han in dem kleinen Schiff, mit dem er den Planeten besucht hatte, zurück und berichtete im Detail über das, was sie bereits wußten. »Ich konnte kaum mit ihnen reden, da sich ihr Akzent stark verändert hat. Die geschriebene Sprache konnte ich noch entziffern. Sie besitzen noch alte Schriftstücke auf Metallplatten. Und es gelang mir, noch ein paar Legenden zusammenzustückeln.«

»Wie lange ist es her? Wissen Sie das?« fragte John.

»Ich versuchte, einige Schätzungen zu bekommen. Ich tippe auf elf- bis zwölftausend Jahre, aber da kann ich mich auch gewaltig irren. Sie waren nicht besonders überrascht, mich zu sehen — ich vermute, die meisten glauben, ihre Vorfahren hätten eine interstellare Kultur gehabt und daß es noch Überlebende dieser Kultur gäbe. Ich versuchte nicht einmal, ihnen zu erklären, daß ich aus ihrer weit entfernten Vergangenheit stamme — und daß manche von ihnen sogar meine Nachfahren sein könnten.« Er versuchte zu feixen. »Und ich bin bei weitem nicht so schlimm dran wie Sie, John Braysen, in früheren Tagen. Die Frauen dort unten sehen sehr hübsch und freundlich aus.«

John sah eine Minute zu Boden. »Nun, wollen Sie hier bleiben? Das Schiff ist voll von Gerät, das Ihnen gehört — ganz zu schweigen vom Schiff selbst. Andererseits gibt es vielleicht noch andere, besser ausgestattete Hohdan-Welten.«

Vez seufzte. »Ich glaube nicht. Ich bin mir auch nicht sicher, ob ich ein Volk, das sich erst auf halbem Weg zwischen Nomaden- und frühem Maschinenzeitalter befindet, mit Weltraumtechnologie, noch dazu Klee-Technologie, konfrontieren soll. Darüber muß ich noch eine Weile nachdenken.« Er lächelte John an. »Hätte irgend jemand von Ihnen etwas dagegen, wenn ich und meine vier Männer einstweilen bei Ihnen bleiben?«

»Natürlich nicht! Die meisten von uns werden sich auf dem Planeten niederlassen, den Sie uns vor einigen Tausend Jahren schenkten, zumindest vorübergehend. Aber was soll mit der *Berta* geschehen? Sie gehört schließlich Ihnen.«

»Auch hier bin ich mir nicht ganz sicher, John Braysen. Wir wollen es ein Partner-Schiff nennen. Einverstanden? Es gibt doch noch einige Reisen, die wir unternehmen sollten.«

»Um zu sehen, ob das Vul-Reich noch besteht, oder zu anderen Weltraumkulturen?«

»Ja, das meine ich.«

John sann einige Minuten vor sich hin, dann blickte er auf. »Es gibt da noch eine Reise, die ich gern machen würde.«

Vez lächelte. »Sie denken sicher an die Erde.«

Die *Berta* blieb fast ein halbes Jahr auf dem grünen Planeten (etwas länger, als ein Erdenjahr). Und dann war es eine Reise von nur zweihundert Stunden, während der sie feststellten, daß auch das Vulmot-Reich denselben Weg wie das Hohdan-Reich gegangen war. Und auch das Bizh-Reich bestand nicht mehr. In beiden Spiralarmen gab es nur noch einige kleine Weltraumkulturen.

Sie fanden Zeichen eines schrecklichen interstellaren Krieges, der vor mindestens zehntausend Jahren alle Weltraumkulturen in diesem galaktischen Sektor vernichtet und die Überlebenden in die Barbarei zurückgeworfen hatte. Einzelheiten erfuhren sie nicht.

Von einer seiner kurzen Reisen brachte sich Vez eine entzückende Hohdan-Braut mit. Nachdem sie eineinhalb Jahre auf dem grünen Planeten zugebracht hatten, begaben sich John, Bart Lange, Luis Damiano, Ralph Cole und einige unverheiratete Männer zusammen mit Lisa Duval — auf die Reise zur Erde, die alles in allem ein ganzes Jahr dauerte.

Vez wollte nach ihrer Rückkehr ganz genau wissen, in welchem Zustand sich die Erde befand.

»Nun«, berichtete John, »zuerst waren wir alle sprachlos, obwohl wir rein rechnerisch darauf vorbereitet waren. Luft und Boden waren praktisch völlig frei von Radioaktivität, was nicht sonderlich überraschte nach dieser langen Zeit, aber es schien unmöglich, daß es inzwischen wieder pflanzliches Leben geben würde. Vor unseren Augen erstreckte sich ein moosähnlicher Teppich, der beinahe alles überdeckte. An manchen Stellen war er grün, an anderen lila oder hochrot. Die abgestorbenen Bäume, die wir früher gesehen hatten, waren verschwunden. Wahrscheinlich wurden sie durch Feuerstürme vernichtet.« Er schwieg und starrte auf den einfachen Bungalow, in dem er jetzt wohnte. (Sie saßen etwas vom Haus entfernt auf einer Wiese und tranken künstliches Bier, das gar nicht so schlecht war.) Wir waren der festen Überzeugung, daß es kein Leben mehr auf der Erde gab. Aber einige Samen oder Sporen müssen überlebt haben, eingefroren in Eisfeldern oder so tief im Boden, daß die Radioaktivität ihnen nichts anhaben konnte. Und einige fanden nun die Gelegenheit, wieder zu sprießen.« Er trank einen Schluck aus seinem Glas. »Was in den Meeren geschah, verstehe ich immer noch nicht. Entweder überlebten manche Lebensformen in Tiefen, zu denen die schädlichen Stoffe nicht gelangten oder in sehr ruhigen Schlammschichten. Jedenfalls wimmelt es jetzt in den Meeren von mikrokopischen Pflanzenorganismen, die eine erstaunliche Menge Sauerstoff an die Luft abgeben — im Hinblick auf den geologischen Zeitablauf meine ich natürlich.«

»Könnten Sie jetzt dort leben?« fragte Vez.

»Wir halten es für möglich. Aber es wäre nicht sehr sinnvoll, es sei denn, wir könnten den Sauerstoffgehalt der Luft etwas rascher steigen lassen. Wir müßten Bäume und Gras von einem anderen Planeten auf die Erde verpflanzen, und auf den Kontinenten Tiere aussetzen, Fische in die Flüsse und Seen und was weiß ich noch alles tun.«

»Was ist mit den Meeren? Sind sie noch radioaktiv verseucht?«

»Nein, sie sind inzwischen sauber. Meerestiere müßten wir auch aussetzen, wenn wir irgendwo welche auftreiben, die sich anpassen könnten.«

Vez lächelte still vor sich hin. »Nun, und haben Sie schon Pläne gemacht, wie Sie dieses Projekt angehen wollen?«

»Ja, gewiß. Wir unternahmen eine Tour entlang des Spiralarms, um nach geeigneten Lebewesen und Pflanzen zu suchen. Ich glaube, wir haben auch etliches gefunden. Übrigens wären manche der Bäume dieses Planeten und einige Tierarten sehr geeignet für die Erde. Bei unserer nächsten Reise probieren wir ein paar von ihnen aus.«

Vez seufzte. »Besuchten Sie einige der kleineren Reiche entlang des Spiralarms? Ich meine die Orte, wo die Schiffe früher anhielten, die Handelszentren, die großen Welten ...«

»Wir besuchten einige. Viele der früher bevölkerten Welten sind heute tot. Jener Krieg ...« Er machte eine Pause. »Wir waren sogar auf Drongail, aus reiner Neugier. Es ist heute nur ein schmutziger Felsbrocken. Nicht einmal die kümmerlichen Dronstauden wachsen mehr dort.«

Vez konnte sich ein Grinsen nicht verkneifen. »Welche Wirkung hatte das auf Sie?«

John lehnte sich über seinen Stuhl und legte einen Arm um Lisas Schultern. »Nicht die geringste. Ganz ehrlich.«

Karel Čapek

Der Krieg mit den Molchen

Ullstein Buch 2795

ein Ullstein Buch

Karel Čapek, einer der bekanntesten tschechoslowakischen Schriftsteller der Gegenwart, erzählt eine faszinierende Satire mit viel Phantasie und unnachahmlichem Humor: Vor der Sunda-Insel Tana Masa entdeckt Kapitän van Toch die Molche. Sie sind nicht nur geistig stark entwickelt, sie vermehren sich auch wie die Kaninchen. Bald kommt man darauf, die Molche als billige Arbeitskräfte an allen Küsten anzusiedeln. Aber was so vielversprechend begann, führt bald zum Dilemma . . .

Elleston Trevor

Phönix aus dem Sand

Ullstein Buch 2742

ein Ullstein Buch

Die Notlandung eines Flugzeuges mitten in der Sahara überleben zwölf von vierzehn Insassen.
Viele sind schwer verletzt.
Die Männer wissen genau, wie viele Tage sie noch zu leben haben. Ihre Hoffnung auf Rettung von außen ist trügerisch. Es gibt nur einen verwegenen Plan, der sie retten kann — und mit dem Mut und der Ausdauer der Verzweiflung klammern sich die Überlebenden an diesen Plan. Unter dem Druck unmenschlicher Strapazen, im Kampf um Leben und Tod offenbart jeder sein wahres Gesicht: der Feigling, der Ehrgeizige, der Unschuldige, der Besessene ...

Nicolas Freeling

Valparaiso

Ullstein Buch 2819

Eine alte morsche Jacht, das ist Raymond Kapitans Heimat. Mit diesem Boot will er das Ziel seiner unerfüllten Sehnsucht erreichen: Valparaiso. Nur Geld fehlt noch — doch wie man das per Einbruch rasch erhält, weiß die Freundin. Die Tat gelingt, aber die Polizei kommt Raymond auf die Spur. Bei schwerem Sturm flieht er mit der ramponierten Jacht...

ein Ullstein Buch